터치!

터치!

이도해 장편소설

㈜자음과모음

Content

No. 1

소리가 너무 커서 시끄러워

나는 여태 단 하나의 음악 스트리밍 사이트도 이용하지 않고 있었다. 예전에 본 지환 형의 휴대폰 화면에는 알 수 없는 이름의 앱들이 잔뜩 깔려 있었는데. 그중 기억나는 이름을 대충 검색창에 적어 넣었다. 음표가 붙은 앱 아이콘을 눌렀다. 설치 버튼을 터치하자, 버튼은 뱅글뱅글 돌아가는 원 모양으로 바뀌었다.

예전엔 이동할 때마다 이모가 녹음해 준 쿨라우나 모차르트의 소곡을 듣곤 했다. 초등학생 때부터 지문이 닳고 닳도록 연습한 곡들이었다. 일상을 유지하기 위한 습관이었지만 이제 그런 곡들을 들으며 어딘가를 향해 걷는다는 것은 불가능해졌고, 내겐 다른 플레이리스트가 필요했다. 새로 깐 앱에는 편리하게도 현재 인기곡 1위에서 100위까지를 쭉 들을 수 있는 기능이 있었다.

늦여름의 풀벌레 소리도 끔찍해질 무렵, 나는 간신히 다른 노래를 찾아 들을 수 있었다. 멍하니 정류장 의자에 앉아 다시 버스를 기다렸다.

변주도 없이 반복되는 드럼 사운드. 그 위에 얹은 전자 악기는 심플하게 한 개, 아니면 두 개. 대부분의 사람은 빽빽한 걸 싫어하는 모양이다. 구 분 동안 들은 세 개의 인기곡은, 죄다 그런 식이었다.

악기 소리가 가득가득 들어찬, 오케스트라 연주를 듣고 싶었다.

그때 옆에 앉아 있던 티셔츠 차림의 여자애가 나를 봤다. 앉은 키가 꽤 커서 나랑 눈높이가 같았다. 옅은 자연 갈색의 머리카락이 턱 아래까지 내려오고, 쌍꺼풀 없는 눈은 컸다.

그 애가 대뜸 내게 말했다.

"······워요."

"네?"

"소리가 너무 커서 시끄러워요."

"아······, 악!"

당황해서 간신히 찾은 음량 조절 바를 반대로 밀어 버렸다.

"소리 크다니까요."

"죄송합니다. 제가 이 앱을 처음 써 봐서요."

여자애가 황당하다는 표정으로 나를 봤다. 그러고는 내가 미처 앱을 닫기도 전에 불쑥 손가락을 화면에 들이밀더니, 음량 바를 쭉 슬라이드 했다.

"외국인? Are you foreigner?"

그럴 리가 있겠냐. 어쨌든 소리는 줄어들었다.

"아닌데요."

여자애가 나를 빤히 바라봤다. 시선을 피해 고개를 돌리자마자 버스가 왔다. 도착지도 확인하지 않고 올라탔다. 차창 너머로 아까 그 여자애가 여전히 앉아 있는 것이 보였다. 이제 그 애는 땅바닥을 바라보며 한숨을 내쉬고 있었다.

종합병원 앞 셔틀버스 정류장.

나는 그 애에게서 왠지 시선을 뗄 수가 없었다.

*

미스 터치를 하나도 내지 않은 날이면 이모는 내 뒷머리를 쓰다듬곤 했다. 그럴 때마다 화초에 꽂아 두는 벌레잡이용 노란색 끈끈이가 머리통에 온통 달라붙는 것 같았다. 그 진득진득한 끈끈이가 머리카락을 비집고 들어와, 이모가 만든 관자놀이 옆의 손톱자국 속으로 침입해 내 몸을 조종하는 상상을 한 적도 있다. 정확하게 말하면, 지금은 아무 쓸데없어진 내 손가락들을 말이다.

사실 틀린 상상도 아니다. 이모는 나를 이끄는 피아노 솔로의 지휘자였으니까.

피아노 솔로 무대엔 지휘자 따윈 필요 없다. 오케스트라도 아니고. 하지만 이모는 항상 나를 지휘했다. 연습을 할 때도, 무대에 오를 때도. 최소한 손가락들이 멀쩡했을 때는 그랬다.

"최문 학생은 하루에 몇 시간이나 연습을 하나요?"

의사 선생님이 그렇게 물었을 때도 나는 현실감이 없어 멍청히 되물었다.

"몇 시간, 요?"

"최소 다섯 시간 이상은 하고, 주말에는 열두 시간씩 하게 할 때도 있죠. 하지만 항상 힘주어서 연주하게 하진 않았어요. 악보를 온전히 숙지하기 전까지는 오히려 피아니시모로⋯⋯."

옆에 있던 이모가 대신 대답했다. 변명하듯 그녀의 말꼬리가 늘어졌다. 왜 이모가 변명을 하지? 나는 바보같이 그때까지도 그런 생각을 하고 있었다.

"검사 결과를 봐야 하겠지만, 건초염이 아닐까 싶은데⋯⋯. 이런 친구들에게는 흔하니까요."

세상이 무너질 때, 만화처럼 '쾅' 하는 효과음은 들리지 않았다. 나는 그날 하루 종일 건초염에 대해서 찾아봤다. 하지만 건초염 진단을 받지는 않았다.

그게 더 최악이었다.

여하튼, 이젠 다 과거의 일이다.

"진짜로 파시려고요?"

"네."

"뭐, 일단 파신다니 가져가겠습니다만, 부모님이랑 얘기는 된 거죠?"

"네."

건조하게 대답한 건 중고 매장 아저씨에게 감정이 있어서는 아니었다. 단지 나는 눈물을 참고 있었다. 검은색 야마하 업라이트 피아노. 페달에 씌운 가죽이 반들반들하게 닳은 내 오래된 친구는, 나와 별다른 인사도 하지 않고 조용히 탑차에 실려 떠났다. 나는 발코니에 둔 철제 의자에 앉아 아파트 정문을 나가는 탑차의 꼭대기가 사라질 때까지 참을성 있게 기다렸다.

'출장 수리·중고 매매 전문'이라는 글자가 창밖에서 모두 사라지고 난 뒤, 나는 잠시 눈을 비볐다. 기지개를 켜고 자리에서 일어섰다.

"사람들의 아픔을 위로해 주는 피아니스트가 되고 싶어요."

열한 살, 아직 꼬마일 때 나는 금메달을 목에 걸고 이런 말을 했었다. 엄마는 아직도 그 인터뷰 녹화본을 가지고 있다.

하지만 지금은 안다. 말도 안 되는 소리라는걸.

장갑을 벗고 아버지에게 문자를 보냈다.

[피아노 팔았어요.]

[너 괜찮니?]

[네.]

괜찮기는. 펑펑 울고 싶었다.

[네가 선택한 거니까 더 말리지는 않으마. 내일부터 새 학기인데 준비는 했고?]

나는 침대 위에 놓인 새 교복의 자수 부분을 만져 보았다.

[네.]

사립 우주 고등학교. 피아노와는 아무 연관도 없는, 집에서 제일 가까운 학교다.

나의 가장 오래된 친구가 중고 매장에 진열되고 한 달이 지난 뒤에도, 세상은 멸망의 징조조차 없이 온 거리에 봄꽃을 펑펑 피우고 있었다. 이제 조금 익숙해진 길을 걷다 보니 어느새 교문이었다.
"너 그러고 다니면 앞이 보이긴 하냐? 내가 웬만하면 머리 자르고 오랬지."
교문 지도 선생님 옆에 서 있는 녀석은 한 달 동안 안 본 날이 손에 꼽지만 눈을 마주친 적은 한 번도 없는 특이한 녀석이다. 코끝까지 내려오는 머리카락 속에 얼굴을 파묻고 다녀 선생님들 사이에서는 요주의 학생이었다.

나는 그 옆을 살짝 지나치면서 장갑 낀 왼손을 주머니에 넣었다. 그때 뒤에서 누군가가 내 등을 쳤다.

"장갑!"

같은 반인 한 살 형, 박도운이었다. 형 옆에 있던 애들도 내게 알은척을 했다. 박도운은 키도 농구 선수처럼 엄청 크고 나이가 한 살 위이기도 해서 자주 말을 섞는 사이는 아니다.

"도운이 형은 왜 최문을 장갑이라고 불러요?"

"아니, 이름이 기억 안 나니까. 미안, 문아. 혹시 기분 나빴어?"

나는 고개를 가로저었다.

"야, 괜찮다잖아."

도운이 옆의 녀석과 작게 투닥거렸다. 사실 기분이 나쁘지 않았다면 거짓말이지만, 나쁘다고 말한들 그렇게 안 부를 것 같지도 않다.

"그나저나 여름에 힘들겠다. 장갑 끼고 다니면 덥겠는데."

"익숙해져서 괜찮은데요."

이제 겨우 한철 보냈는데 익숙해질 리가 없다. 하지만 동정은 더 싫었다.

"그래?"

박도운이 어깨를 으쓱했다.

"근데 장갑, 너 사회 수행 했어?"

"오늘 뭐 있었어요?"

"엉?"

도운이 약간 놀란 듯이 나를 봤다. 옆에서 한 녀석이 키득거리며 말했다.

"내가 그랬잖아요, 최문 안 했을 거라고. 말 없다고 다 모범생인가?"

"야, 배신이다. 진짜 넌 했을 줄 알았는데."

도운이 싱긋 웃으며 내 등을 한 번 더 치고는 앞으로 성큼성큼 걸어갔다. 불쑥 다가왔던 것처럼 또 불쑥 멀어진다.

"형, 근데 이번에 열리는 ○○○기획사 오디션, 별이 형은 진짜 안 본대요?"

"안 해, 걔 그런 거."

"아깝다. 지원서 같이 내자고 해요."

"안 한다니까? 김별은 카메라 앞에 서는 일 절대 안 해."

"형이 어떻게 확신해요?"

"내가 걔를 모르겠냐. 걔랑 다닌 지가 벌써 몇 년쨴데……."

박도운 무리가 멀어진 후, 나는 다시 주머니에서 왼쪽 손을 꺼냈다.

학교 소강당 무대 뒤에 늘어져 있는 두꺼운 벨벳 커튼은 오후의 햇살을 훌륭하게 가려 준다. 나는 점심시간마다 그 커튼 뒤편

에서 잠을 자고 있었다. 아마 그날 연극부 선생님에게 걸리지만
않았다면 한 학기 내내 그곳에서 낮잠을 잤을지도 모르겠다.

"혹시 이 근처에서 핀 조명 쌓아 둔 노란 바구니 못 봤어?"

"못 봤는데요."

"이상하다, 애들이 여기다 뒀다고 했는데. 아, 여기 있네."

"……."

설마 나보고 저걸 나르라고 하진 않겠지. 하지만 선생님은 내
게 슬쩍 눈짓했고, 나는 낮잠을 포기해야만 했다.

"자, 하나, 둘 하면 들어."

"……."

"하나, 둘!"

노랗고 커다란 플라스틱 바구니에 색지가 붙은 조명이 십수 개
나 쌓여 있었다. 나는 선생님의 반대편에 서서 바구니 손잡이를
두 손으로 들어 올렸다. 양 손바닥에 간질간질하고 두꺼운 먼지
가 붙는 것이 느껴졌다. 갑자기 짜증이 났다.

연극부원들은 어디 있길래 이런 일을 나한테 시키지. 선생님이
고 박도운이고, 내가 뭔가를 시키면 얌전히 할 것같이 생겼나.

조명 위에 뽀얗게 쌓여 있던 먼지가 걸을 때마다 풀썩거렸다.
그 무거운 바구니를 나눠 들고 소강당 뒷문까지 갔을 때였다.

누군가의 목소리가 들렸고,

"악―!"

붕클, 하고 무언가가 밟혔나.

"거기 조심해!"

중심을 잃은 몸이 휘청거리면서 기울어졌고, 연극부 선생님이 소리를 질렀다. 무의식적으로 내가 밟은 사람의 몸 앞으로 손을 뻗었다. 그리고 동시에 생각했다.

장갑.

잠들기 전에 바지 주머니에 쑤셔 넣은 기억이 났다.

내 발에 밟힌 박도운이 시멘트 바닥에 막 나뒹굴려는 내 몸을 붙잡았다. 정확히는, 왼쪽 손목이 그 형의 손에 붙잡혔다.

'젠장!'

속으로 욕을 내뱉어 봤자 이미 벌어진 일이었다. 선인장 가시에 찔린 것처럼 따끔따끔한 통증이 왼쪽 손목과 손바닥과 손끝 그리고 온몸으로 퍼졌다. 이건 내 감정이 아니다. 박도운의 감정이다. 질투심, 집착 그리고 분노.

"축하해, 문아."

처음으로 일간지 주최 콩쿠르에서 일등을 했을 때였다. 지환 형은 그때쯤 피아노를 그만두었을 것이다. 지환 형이 내민 손을 잡자 지금처럼 바늘에 찔린 듯한 찌릿하고 날카로운 감촉이 내 왼쪽 손바닥을 파고들었다. 가시 여러 개가 박힌 것 같은 따끔따끔한 통증.

그리고…… 이모. 연습을 빼먹고 한강에 가서 자전거를 타고 돌아온 날, 내 관자놀이를 쿡쿡 찌르는 이모의 손을 그만하라고 붙잡았을 때였다.

아, 더 이상 생각하지 말자. 지금 고통만으로도 끔찍하니까.

"괜찮니? 안 다쳤어?"

연극부 선생님이 걱정스러운 표정으로 다가오는 것이 보였다. 나는 박도운의 손을 쳐 내고 주머니를 더듬었다. 큰 통증은 지나갔지만 여전히 고통스러웠다.

"야, 아무리 그래도 그런 표정을 하면 깔린 내가 뭐가 돼?"

"죄송해요. 아파서."

서둘러 장갑을 꺼내 꼈다. 선생님과 도운이 나를 조금 이상하다는 듯, 그리고 걱정된다는 듯 쳐다보고 있었다.

"아, 너 장갑 끼고 다니는 거 아파서라고 했나."

도운이 겸연쩍은 얼굴로 뒷머리를 긁었다. 조명 몇 개가 바구니에서 쏟아져 바닥에 나뒹굴고 있었다.

"너 2반 박도운이지? 넌 또 왜 하필 거기 있었냐. 하……, 이거 다 고장 났겠네."

"죄송해요, 쌤."

도운과 연극부 선생님이 렌즈가 깨진 조명을 주워 담기 시작했다. 통증이 가신 내가 그들을 도우려고 허리를 숙였을 때, 바닥에서 불빛이 반짝였다. 내 폰인가 하고 주워 들었다. 메시지 대화창에 몇 개의 말풍선이 떠 있었다.

> 오빠, 왜 내 말 안 들어? 연락도 바로바로 안 되고.

> 빨리 확인해. 답답하니까.

> 내가 며칠 연락 없었다고 똑같이 복수하는 거야?

"장갑, 그거 내 폰이야!"

박도운이 휴대폰을 채 갔다. 귀가 새빨갰다. 문자 입력창에 적혀 있던 화난 이모지가 떠올라 피식 헛웃음이 새어 나왔다. 아직 손바닥이 쿡쿡 쑤셨지만 웃음 정도는 지을 수 있었다. 저 커다란 형도 연애할 때는 쪼잔해지는 모양이다.

"봤냐?"

박도운이 진지하게 말했다. 나는 고개를 가로저었다.

"쟤 좀 괜찮지 않아? 성격도 좋고, 키도 크고."

"아, 됐어. 그만 얘기해."

"수혜 너 정도면 오케이할걸?"

"닥치라고."

운동장으로 나오자 여자애들이 깔깔대는 소리가 들렸다. 여기도 저기도, 하다못해 먼지 쌓인 소강당 커튼 뒤편까지 봄이다. 도대체 지구는 언제 멸망하지? 아니, 나도 이 빌어먹을 장갑만 끼지 않는다면 행복할지도 모른다. 피아노 따위 없이도.

귀에 꽂은 블루투스 이어폰에서 나오는 노래는 자신을 사랑해 달라고 계속 속삭이고 있었다. 정말 진저리가 났다. 유행하는 노래 대신 연주곡을 듣고 싶다는 마음이 든 순간, 나는 고개를 내저었다.

'잘 곳이나 찾자.'

교사 뒤편으로 돌아 나왔을 때였다. 갑자기 누군가와 마주치는 바람에 가슴이 철렁 내려앉았다.

'귀신인 줄 알았네.'

매번 교문에서 걸리는 그 자식이었다. 앞머리를 코까지 기른 녀석은 내가 놀라든 말든 자기 갈 길을 갔다.

내겐 아무도 없는 조용한 곳이 필요했다. 별관 뒷마당을 지나던 중, 그럴싸한 컨테이너 창고 하나를 발견했다.

'안에 사람도 없고······.'

문에 붙은 명패를 올려다보니 '기악부'라고 쓰여 있었다. 자물쇠 걸이에는 자물쇠도 달려 있지 않았다. 문을 열자 오래 방치된 듯한 합주실이 나타났다. 사방에 붙여 놓은 올록볼록한 방음 패드, 앰프 두 대, 접이식 의자들과 소파, 열쇠로 잠그는 캐비닛과 종이 상자들, 먼지는 쌓였겠지만 꽤 괜찮아 보이는 드럼, 보면대와…… 저건 신시사이저라고 하던가? 아무튼 그거.

기악부라면 짐작 가는 게 있다. 얼마 전 몇몇 인터넷 신문에 기사가 났다. 고3들이 학교 앞에 세워진 트럭으로 무려 음주 운전을 하시다 걸려서 정학을 맞았다고. 그 인간들이 바로 우리 학교 기악부랬다. 내가 알 정도니 아마 전교생이 다 알 거다. 엄마가 "그 학교 괜찮냐"라고 계속 물어 오는 이유도 사실은 나를 걱정하는 게 아니라 이 동아리 선배들 때문일지도 모른다.

뭐, 그렇게 그들의 고교 시절 음악 인생도 끝났고 내 음악 인생도 사실상 끝났으니, 우리는 동지인 셈이다. 그러니까 내가 여기서 조금 수면을 취해도 되겠지.

오른쪽 벽면에 붙어 있는 가죽 소파는 상태가 나쁘지 않아 보였다. 그 위치에선 성가신 신시사이저의 건반도 보이지 않았기 때문에 나는 망설임 없이 소파로 몸을 날렸다.

끄으으…… 끄으…….

쾅!

둥, 탁! 두둥, 탁! 쾅!

'안 돼…….'

폭격이었다. 제2차 세계 대전. 독일군의 바르샤바 폭격. 나는 허기와 공포로 바짝 말라 비틀거리는 피아니스트였다.

쾅!

근데 이거, 영화 〈피아니스트〉 속 장면 아닌가? 아마 현실은 아닐 거다. 일단 내가 피아니스트 역할이라는 것부터 말이 안 된다.

두둥! 탁! 둥둥둥! 쾅!

독일군의 박격포가 내가 방금 숨어든 건물 정면으로 날아왔다. 비명 지를 새도 없이 눈이 번쩍 뜨였다.

둥! 탁, 두두둥! 쾅!

갈색 단발머리의 여자애는 엄청나게 몰입해서 드럼을 치고 있어서, 나 따위가 소파에서 자다 깬 건 보이지도 않는 듯했다.

'아.'

나는 차마 항의하지 못했다. 연주의 질 때문은 아니었다. 연주는 나쁘지 않았다. 그 애는 앉은키가 컸고, 드럼 스틱을 마치 손의 일부처럼 다뤘다. 그리고 하이 햇을 치는 소리가 남다르게 컸다.

무엇보다 팔 힘이 세 보였다.

'술 마시고 운전했다던 기악부원 중 하나인가 보네.'

그 여자애는 박자를 밀고 당기는 데 거침이 없었다. 나는 감정에 젖어서 박자를 미는 것을 항상 경계했었다. 내 기분대로 음을 생략하지 말 것. 그건 중요한 룰이었다. 작곡가가 써 놓은 악보대로, 단 한 번의 점프도 놓치지 말아야 하는 아케이드 게임의 캐릭터처럼 내 손가락들이 철저히 계산된 낙하지점에 정확히 떨어지길 바랐다. 그게 연습이었고, 노력의 결과였다. 악보의 끝까지 살아서 엔딩을 보는 것.

하지만 내 눈앞의 자유로운 드럼은 기분대로의 변주에도 여전히 생생히 살아 있었다. 나는 넋을 잃고 그 애를 바라보았다. 기악부 출신에게 가지고 있던 막연한 공포가 사라지고 그것이 찬탄쯤으로 바뀌었을 때였다.

"꺄악! 누구세요?!"

"아악!"

그 애가 날 봤고, 소리를 질렀다. 나는 당황해서 엉겁결에 같이 소리를 질렀다.

"저는 1학년 3반 이선인데요. 그, 혹시 기악부 선배시면 죄송합니다……."

드럼 세트 사이로 일어선 여자애가 우물쭈물 말했다. 키가 나만 했다. 아니, 나보다 조금 클지도 모른다.

"나도 기악부 아닌데."

나는 내 소개를 했다.

"같은 1학년이야. 난 최문."

아까 소리를 질러서인지 아직도 심장이 쿵쿵거렸다. 이선의 긴장된 표정이 약간 풀어졌다.

"너도 1학년이구나. 깜짝 놀랐네. 근데 왜 여기 누워 있었어?"

"원래 강당에서 잤는데, 연극부 선생님한테 걸려서."

"으음, 그래? 근데 나 내일도 여기서 드럼 쳐야 하는데. 시끄러울 텐데 괜찮겠어?"

이선의 눈썹이 난처한 듯 축 처졌다. 나는 자리에서 일어섰다. 잘 곳, 여기가 딱인데.

"다른 잘 만한 곳 있으면 뭐…….."

그때 왼쪽 팔꿈치에 무언가가 툭, 하고 부딪혔다. 보면대였다. 신시사이저가 내 앞에 우뚝 서 있었다.

흰색과 검은색 건반.

한 달 만이었다.

어느새 내 두 손이 흰 건반 위에 얌전히 올라가 있었다. 이상했다. 난 전혀 그것들을 누르고 싶지 않았다. 그런데 왜 손이 움직였는지 모르겠다.

이선이 나를 이상하다는 듯 바라보고 있다가 내 쪽으로 성큼성큼 걸어왔다.

"뭐 해? 전원을 넣어야지."

이선이 움직이자 어디선가 딸기 향 같은 게 났다. 바닥을 더듬거리던 선이 이내 전원 스위치를 켰다. 저음의 진동 소리가 울렸다. 이제 손가락 아래 건반을 누르기만 하면…….

"잠깐, 내 장갑."

아무래도 낮잠 자기 전에 장갑 벗는 습관부터 고쳐야 할 것 같다. 나는 내가 맨손이라는 사실에 놀라 주위를 살폈다. 장갑은 막 일어서던 이선의 손에 들려 있었다. 불쑥 짜증이 치밀었다.

"그거 내 건데. 내놔."

"야, 떨어져 있는 거 주워 준 거잖아."

나는 황급히 장갑을 낚아채려 했다.

"너 지금 나 도둑 취급하는 거야?"

눈썹을 치켜올린 이선이 나를 째려봤다.

그때까지도 나는 몰랐다. 몸을 돌려 합주실을 나가려는 순간, 갑자기 딸기 향이 훅 끼치고 코앞까지 다가온 이선의 얼굴이 바로 보였다. 색소가 옅은 홍채와 갈색 머리카락 그리고 짜증스러운 표정을 본 순간 깨달았다. 종합병원 앞 셔틀버스 정류장에서, 내 이어폰 소리 때문에 불평했던 그 여자애였다.

"소리가 너무 커서 시끄러워요."

아까처럼 소리를 지른 것도 아닌데 또다시 심장이 드럼 치듯 쿵쿵 뛰었다. 이번에도 소리가 새어 나갈까 봐 침착하게 호흡을 골랐다. 피아니시모, 피아니시모.

심장 소리 대신 문 열리는 소리가 덜컹, 합주실에 울려 퍼졌다.

"너희 누구야?"

갈색 뿔테 안경을 쓴 여학생이 우리를 매우 수상한 눈으로 보고 있었다. 정신을 차린 나는 이때다 싶어 이선이 쥐고 있던 장갑을 낚아챘다.

"뭐야, 학폭이냐?"

"아……닌데요."

이선이 어색하게 대답했다. 나는 멍한 얼굴로 새로 등장한 여학생을 바라보았다. 명찰 색은 3학년, 손에는 커다란 자전거용 자물쇠를 들고 있었다.

"여기 우리 부실인데."

그 학생은 그렇게 말하며 나와 이선을 한 번 더 훑어봤다.

그 유명한 우주고 기악부 '헥사'의 마지막 부원 소지연 선배는, 150센티미터가 될까 말까 한 키에 몸도 말라서 아무리 봐도 지역 뉴스에 나온 싹수 노란 고등학생으로는 보이지 않았다. 특히 저 펑퍼짐한 교복 품이.

"선배님, 제가 드럼 좀 쓰면 안 될까요? 점심시간에만 쓸게요."

이선은 저 선배가 무섭지도 않은 모양이다. 아무리 그래도 '그' 헥사인데.

"글쎄."

"제발요. 점심시간에만 쓰고 문도 꼭꼭 잠가 놓을게요. 어차피 드럼 칠 사람도 없잖아요."

그 말에 지연 선배의 이마가 약간 찌푸려졌다. 하지만 이선은 눈치가 조금 없는 것 같았다.

"네? 선배님, 제가 청소도 해 놓고……."

"가자. 선배님, 죄송합니다. 저희 나가 보겠습니다."

여전히 쿵쿵 뛰는 심장을 가라앉히기 위해서 다시 한번 심호흡을 하며 말했다. 이선은 실망한 표정으로 나를 따라왔다.

부실 문을 열고 나가려는데, 등 뒤에서 지연 선배가 말했다.

"그렇게 드럼이 쓰고 싶어?"

이선이 반사적으로 고개를 돌렸다.

"네!"

"그럼 조건이 있어."

지연 선배가 안경을 스윽 밀어 올리며 음흉하게 웃었다.

No. 2

악보대로 쳤는데요

등굣길 버스는 늘 만원이다. 하나 남은 손잡이를 왼손으로 겨우 붙잡았다. 얌전히 장갑 안에 들어가 있는 손을 보자, 여름 되면 힘들겠다고 걱정하던 박도운의 목소리가 떠올랐다.

정말, 곧 여름이 될 텐데.

연주자 재활 전문이라던 정형외과 선생님은 나를 지긋이 바라보며 이렇게 말했다.

"통상적인 복합 부위 통증 증후군(CRPS)과는 조금 다른 것 같아요. 리도카인 같은 약물은 아예 안 듣고. 또 학생은 통증이 느껴지는 특이한 조건이 있다고 했는데……, 이런 경우는 심리적인 원인이 있을 수도 있어요."

"그래서 선생님, 제가 어떻게 해야 되는데요?"

"신경 정신과에 메모를 남겨 드릴까요?"

"정형외과에서는요? 선생님이 저한테 해 주실 건 없어요? 수술이라든가, 물리 치료라든가……."

"지금으로써는 신경 정신과 진료를 보시는 게 최선입니다."

나는 더 이상 병원에 가지 않았다. 진료받을 과를 옮기지도 않았다.

왼손이 사람들과 닿지만 않으면 아무런 문제가 없다. 피아노도, 요리도, 필기도, 운동도 할 수 있다. 그래서 그냥 포기했다. 장갑을 끼고 있으면 되니까. 타인의 맨살만 만지지 않으면 아무 일도 일어나지 않으니까.

그리고, 어느 날 불쑥 찾아온 통증이니까 불쑥 사라질지도 모른다.

나는 이선의 얼굴을 머릿속으로 다시 그려 보았다. 짧은 단발머리에 키는 거의 나만 하고, 아니, 나보다 크고, 팔에 근육도 붙어 있었던 것 같다.

"소리 크다니까요."

병원 앞 정류장에서의 이선은 미간을 찌푸리며 그렇게 말했는데, 나와 같은 교복을 입은 이선은 드럼을 박살 낼 것처럼 신나게 두들겼다.

문득 그 애의 손을 잡아 보고 싶어졌다. 자유롭게 드럼 스틱을 움직이던 그 손을. 지환 형도, 이모도, 엄마 아빠도, 중학교 때 친구도, 선생님도 모두 내게 끔찍한 고통만 안겨 줬는데.

하지만 며칠 동안 내 왼손에는 아무 일도 없었다.

'혹시 나은 게 아닐까?'

불쑥 튀어나온 의문이 나를 유혹했다. 망설이던 끝에 장갑을 벗었다. 버스가 정차했고, 나는 휘청거리다가 다시 손잡이를 잡았다. 그때, 만원 버스에 들어찬 사람들을 비집고 들어오던 누군가와 손이 부딪혔다.

이가 덜덜 떨렸다.

"좀 지나갑시다."

내 손과 부딪힌 아저씨는 잠시 놀랐다가 이내 푸근한 미소를 지으며 나를 지나쳤다. 그가 평화로워진 그 순간, 손끝에서 명치까지 딱딱하고 무거운 돌에 짓눌리는 듯한 아픔이 관통했다. 이 통증은 자괴감이다. 멍청이, 멍청이, 이 바보 멍청이. 아까까지 아저씨가 안고 있었을 괴로운 감정은 이제 내 왼손으로 옮겨와 나를 마구 질책했다.

'최문, 이 멍청아. 이게 그렇게 쉽게 나을 것 같아? 아직도 포기 못 했어?'

눈물을 참으려고 애쓰면서 다시 장갑을 꼈다. 그럴 리가 없었다. 나았을 리가 없었다. 내 왼손은 여전히 타인의 괴로움을 끌어당겼고, 나는 그 통증을 고스란히 느껴야 했다.

'피아노까지 팔아 놓고 이제 와서 희망을 가져? 말이 되는 소리야? 도대체 뭐 때문에?'

안다. 이선 때문이다.

"최문!"

정차한 버스에 막 올라탄 이선은 맨 앞에 있었는데도 사람의 파도를 뚫고 순식간에 내 앞까지 왔다. 나는 이 우연에 아무런 의미도 두지 않으려고 노력했다. 짓눌리는 듯한 통증이 조금씩 가시고 있었다.

"안녕."

"지연 선배 말, 생각해 봤어?"

선은 생각보다 더 키가 컸다. 가까이서 보니 역시 내가 미세하게나마 올려다봐야 하는 눈높이였다.

"기악부 공연 같이해 달라는 거?"

"응. 너 키보드 칠 수 있다 그랬잖아."

이선이 간절한 표정으로 나를 응시했다. 쌍꺼풀 없는 큰 눈이 한 번 깜빡이지도 않고 나를 바라보고 있어서, 또 심장이 크게 뛰었다. 두 번째다. 이제 인정해야만 했다. 첫 번째는 이모네 집 거실에서 처음으로 커다란 그랜드 피아노를 봤을 때였다. 그때도 목구멍 위로 심장이 튀어나올 듯이 두근거렸다.

하지만 피아노에 대한 내 마음은 이미 과거형으로 정리했다.

"나 그런 건반은 쳐 본 적 없는데."

"'그런 건반'이 뭔데? 건반이 다 똑같지. 무슨 고급, 짭 가리는 것도 아니고……. 그리고 그때 소지연 선배 앞에서 너도 한다고 그랬잖아?"

"내가 언제……."

잠시 어제 일을 회상했다. 헥사의 마지막 부원인 소지연 선배는 우리에게, 아니, 이선에게 사고 치고 정학 맞은 부원들을 대신해서 여름 정기 공연을 할 사람들을 모아 달라고 했다.

"그렇게만 해 주면, 이 합주실 비밀번호를 너희랑 공유할게."

이선은 그 자리에서 승낙했지만, 나는 거기에 말을 얹은 기억이 없다.

"아냐, 너도 한다고 했는데. 분명 고개 끄덕였어."

이선이 우겨 댔다. 냉정함이 필요한 타이밍이었다.

"이선, 건반이랑 베이스랑 드럼만으로 어떻게 공연을 해? 소지연 선배도 너도, 말도 안 되는 꿈은 좀 접어."

연주회에 가는 고등학생이란 전공자, 전공 희망자 그리고 그들의 친구 들뿐이다. 불특정 다수의 고등학생이 열광하는 공연은 대부분 가창자, 즉 보컬이 있는 무대다.

"너희 반에 박도운 오빠 있잖아."

그러나 이선은 굴하지 않았다.

"도운이 오빠 기획사 오디션 보러 다닌다며? 얘기 좀 해 주면 안 돼?"

"네가 해."

귀찮은 티를 냈지만, 그건 이선에게서 딸기 향이 날 때마다 일

렁이는 마음을 숨기기 위해서였다.

다음 역은 우주 고등학교, 우주 고등학교입니다.

안내 방송이 나왔다. 버스에서 내려야 할 시간이었다. 옆에서
이선이 다부지게 중얼거렸다.

"그럼 너는 하는 거고."

"뭐를."

"건반."

해 달라는 소리였지만, 나는 별로 하고 싶은 마음이 없었다.

"너 그때 건반 연주하고 싶어 했잖아. 안 할 거야?"

이선이 살짝 미소짓자 나의 냉정함은 눈 녹듯 사라졌다. 역시
답은 정해져 있었다.

해야지, 뭐. 진짜 피아노도 아닌데.

"너 핵사 가입했어?"

"아니? 누가 그래?"

"1반 이선이 그러던데? 너랑 이선이 기악부 공연을 하는데, 보
컬이 필요하다고."

"……"

선은 참 행동이 빠른 친구였다. 내 옆에 앉은 재영은 급식이 담
긴 식판을 내려놓더니 나를 걱정스럽게 바라보았다.

"최문, 아니라면 다행인데, 기악부 가입할 생각 조금이라도 있

다면 관둬라."

"왜?"

"좋을 게 뭐가 있어. '우주고 더 헥사'. 뉴스에도 났는데. 술 마시고 트럭 훔쳐 무면허로 운전하다 교통사고라니, 그게 고등학생 수준의 사고냐?"

"내가 그런 거도 아닌데, 뭐."

"딱지 붙으면 나중에 소문 안 좋게 날지 모른다, 너? 학종에 영향 갈지도 모르고."

"그런가."

그게 그렇게 영향을 미치나. 나는 소지연 선배를 떠올렸다. 어디로 보나 모범생인 그 선배가 헥사 출신이라 대학에 떨어질 거라고는 전혀 상상이 가지 않았다. 아무튼 오재영의 오지랖은 나를 향한 걱정이었다. 그리고 나는 이선을 걱정했다.

"그럼 도운이 형 보컬 안 하겠네."

나 그 합주실에서 자야 되는데.

"말이 되냐?"

재영이 말도 안 되는 소리 하지 말라며 역정을 냈다.

"그 형이 헥사 공연을 한다구? 너 진짜 몰라? 안 그래도 도운이 형 연예인 하겠다고 평판 관리 엄청 하는데."

"……."

"헛된 바람이야. 이선이 뭘 몰라서 그러는 거지."

"이선."

나는 재영의 뒤쪽을 빤히 응시했다. 쾅, 하고 어딘가 익숙한 소리가 났다.

"최문, 구했어?"

깨끗하게 비운 식판을 식탁에 내려놓는 소리였다. 오재영이 들고 있던 숟갈이 바닥으로 떨어져 쨍그랑 소리가 메아리처럼 울렸다. 식판으로도 하이 햇 소리를 내는 이선이 내 대답을 기다리고 있었다.

"뭘 구해?"

"기타랑 보컬. 네가 구한다며."

"내가 언제 그랬어?"

오재영을 비롯한 주변 친구들이 위축되는 게 실시간으로 느껴졌다.

"도운 오빠한테 말했어?"

"네가 말하기로 했잖아."

"아, 그랬나?"

이선은 나를 향해 겸연쩍게 웃어 보이고는 식판을 들고 일어섰다. 선이 급식실 저편으로 사라지자, 재영이 안도의 한숨을 내쉬었다.

"방금 이선 겁나 무서웠다. 근데 쟤 키가 원래 저렇게 컸나?"

그러고는 조심스레 물었다.

"최문 너, 혹시 이선한테 협박 당하는 거 아니지?"

"아니야……."

"수상한데. 학년 주임 쌤한테 찔러야 하는 거 아냐? 설마 학폭이라든가?"

"그런 거 아냐……. 밥이나 먹자."

유약한 최문이 이선에게 약점을 잡혔다는 둥의 루머가 만들어지기 전에 급히 식사를 마쳤다. 재영은 축구 하러 운동장으로 뛰쳐나갔고, 나는 여전히 잘 곳을 찾지 못한 떠돌이 신세였다.

'이제 강당도 못 가는데. 기악부실 문은 잠겨 있을 거고……. 교실에서 자야 하나.'

블루투스 이어폰에 노이즈 캔슬링 기능이 있어도 내 예민한 귀에는 무용지물이다. 교실에서 잘 수 있을 리가 없다. 저절로 어깨가 처졌다. 내가 제대로 진학했다면 지금 잠자리를 찾고 있을 게 아니라 피아노를 치고 있었을 텐데.

생각 그만.

과거로부터의 패배감이 스멀스멀 올라오는 걸 꾹꾹 누르며 교실로 돌아왔을 때였다.

"장갑!"

등 뒤에서 누군가가 나를 불렀다. 나는 급식실에서 내게 해사하게(는 아닌가) 웃던 이선을 떠올렸다. 그 이선이 눈이 빠져라 찾던 형이, 나를 향해 빙긋 웃고 있었다.

"혝사 정기 공연 할 사람 구한다며?"

박도운의 손이 내 왼쪽 어깨를 툭 건드리려다가 멈췄다.

"네, 뭐."

"기타랑 보컬 필요하다 그러던데, 맞아?"

"네."

도운이 다시 씩 웃으며 말했다.

"나 할래. 둘 다 내가 할 수 있을 거 같은데?"

이렇게 쉽게 문제가 해결된 건 내 인생에서 처음 있는 일이다. 오재영은 이 형이 평판 관리에 신경을 쓴다고 했는데, 내가 보기엔 그냥 좋은 사람인 것 같다. 뭐, 이성 관계에서는 질투심이 조금 많을지도 모르지만.

나는 둥글둥글하고 사람 좋은 웃음을 짓고 있는 형에게 비슷하게 웃어 주며 되물었다.

"형……, 혹시 건반도 쳐요?"

오늘처럼 운이 좋은 날이라면 혹시 모른다.

"아니."

응, 아니었다.

나는 박도운을 데리고 이선과 만나 3학년 교실이 있는 별관으로 향했다.

"지연 선배가 몇 반이었더라?"

"너 그것도 기억 못 하면서 우리 끌고 온 거야?"

"아니! 잠깐만요, 오빠. 제가 다 적어 놨거든요."

이선이 주머니에서 휴대폰을 꺼내기 위해 걸음을 멈췄다. 그때, 박도운이 갑자기 휘청거리며 넘어질 뻔했다.

"왜 지나쳐, 박도운? 나 봤으면서."

낯선 목소리에 고개가 돌아갔다. 그리고 내가 본 것은 십오 년을 살면서 본 사람 중 제일 잘생긴 인간이 박도운의 등에 매달려있는 장면이었다. 그 뒤로 앞머리를 코까지 기른 녀석이 하교하는 게 보였지만, 미남의 아우라는 그 이상한 친구도 평범한 행인으로 만들어 버릴 정도였다.

머리 모양만 비슷하게 하면 나도 그 사람처럼 보일 거라고 착각할 때가 있다. 하지만 이 사람은 미용사에게 사진을 보여 줘 봤자 '넌 안 될 거'라는 냉혹한 현실만 깨달을 듯할 정도로 압도적인 미남이었다.

"김별."

박도운이 일상이라는 듯 미남의 이름을 불렀다. 내 눈은 반사적으로 이선을 향했다. 선은 평소답지 않게 눈을 내리깔고 있었는데, 그 되지도 않는 얌전해 보이는 모습에 약간 욱했다.

"김별, 나 지금 어디 가는 중인데."

"오늘 금요일 아님? 섭섭하네, 도운 씨. 금요일에 나랑 코노 가기로 했잖아."

"미안. 오늘은 애들이랑 할 일이 있어."

"애들?"

김별의 시선이 우리 쪽을 향했다. 이선이 그와 눈도 못 마주치며 귀 뒤로 머리를 넘겼을 때는 울화가 치밀어 올랐다. 저게 잘생긴 남자를 봤을 때 여자의 평균 반응인가. 나는 애써 무표정한 얼굴로 김별을 응시했다.

"애들이 누군데?"

"나중에 설명할게, 별아."

도운 형이 제게 원숭이같이 달라붙은 김별의 손을 떼어 냈다. 하지만 김별은 떼어 낸다고 쉽게 떼어지는 인간이 아니었다.

지연 선배가 기악부 명패가 달린 컨테이너의 문을 열며 이선에게 새 자물쇠의 비밀번호를 알려 줬다. 드럼 자유 이용권을 얻어 낸 극적인 순간이었지만, 이선은 내 예상과 다르게 조용히 미소만 지었다.

"너 2학년 김별 맞지?"

"네, 누나."

분명 처음 오는 공간일 텐데, 김별은 마치 자기 집처럼 편하게 부실에 들어와서는 이곳저곳을 기웃대는 중이었다.

네, 누나.

그 세 음절에 소지연 선배도 이선과 똑같은 상태가 됐다. 세상은 정말 불공평하다. 나는 피아노도 포기했고 왼손도 아픈 데다, 이선은 내게 "이거 해 줘" "저거 해 줘"라며 부려먹을 뿐이었는데.

"너도…… 같이 공연할 거야?"

지연 선배가 약간 수줍게 물었다. 내 옆에 서 있던 박도운이 나지막하게 한숨을 쉬는 걸 듣고 정신을 차린 이선이 빠르게 끼어들었다.

"아뇨. 저 오빠는 그냥 따라온 거고, 여기 도운 선배가 기타랑 보컬 다 할 수 있대요."

"박도운입니다."

박도운이 지연 선배에게 구십 도로 인사했다. 그제야 지연 선배도 약간 정신을 차린 듯했다.

"아, 1학년이니? 그 가수 연습생 준비한다는?"

"네."

"잘 부탁해."

두 사람이 짧게 인사를 나누자 소파에 앉아 있던 김별이 뭐라 웅얼거리더니 물었다.

"근데 무슨 공연을 해요, 누나? 헥사 해체됐잖아."

"아니. 우리 부 해체된 거 아냐. 내가 남아 있으니까."

지연 선배가 약간 무뚝뚝해진 어투로 대답했다. 선배가 집착하는 6월 정기 공연. 그것이 이선이 우리를 모은 이유였다.

"그 미친놈들이 술 처마시고 가로수에 트럭 박은 건 나랑 전혀 관계없는 일이야. 그리고 난 헥사에 있는 삼 년 동안 한 번도 무대에 서 본 적이 없어. 기타야 백업으로도 올리고 곡에 따라 바꾸기도 해서 여러 명한테 기회가 있었지만, 난 아니었어."

"선배는 왜 못 섰는데요?"

"헥사 분위기랑 안 맞는대. 내 자작곡도, 나도."

지연 선배가 짤막하게 이유를 말했다. 하긴, 베이스는 홀로 공연을 하기 힘든 악기이긴 하다. 나는 신시사이저 앞에 서서 보면대 위의 먼지를 손가락으로 훑어 내렸다.

"꼴 좋게 됐지, 뭐. 난 걔들한테 내 분위기에 맞는 곡이, 공연이 뭔지 꼭 보여 줄 거야. 그러니까 너희가 도와줘야 해. 부탁할게."

도운 형이 어깨를 으쓱했다. 선은 고개에 힘을 주어 끄덕였다.

나는 소지연 선배가 왜 저렇게 공연에 집착하는지 알 수 없었다. 삼 년이나 따돌림 아닌 따돌림을 당했는데 악착같이 부원으로 남아 있는 것도 신기했다. 나 같으면 예전에 관뒀을 거다.

"어쨌든 사람이 모였으니까, 학생부에 동아리 여름 정기 공연은 취소하지 않겠다고 말할 거야. 혹시라도 빠지고 싶으면 지금 말해."

이선은 고개를 가로저었다. 박도운이 단호하게 말했다.

"공연만 하고 빠져도 되죠? 그리고 전 동아리에 가입하는 것도 어려운데요."

"괜찮아. 공연할 때마다 다른 학교에서 객원 멤버를 꿔 온 사례도 있으니까. 너희도 가입하지 않아도 돼."

지연 선배가 나를 봤다. 나는 박도운이 한 것처럼 어깨를 으쓱
했다. 선배의 시선이 내 건너편에 앉아 있는 김별에게로 향했다.

"아무튼……, 별이는 그냥 따라온 거라는 거지?"

"네. 제 친구예요."

박도운이 대신 대답했다. 김별은 말을 덧붙이지 않고 개구쟁이
처럼 입을 쭉 찢어 웃어 보이기만 했다. 지연 선배가 캐비닛의 잠
금을 풀고 베이스와 일렉 기타를 하나씩 꺼냈다.

"그러면 오늘은 기본적인 연습곡 하나만 대충 맞춰 볼까? 지금
내 베이스는 없지만, 이걸로 어떻게든 될 거야. 도운아, 받아."

'공연 때만 연주해 주면 되는 줄 알았는데.'

나는 내 앞의 신시사이저 건반을 내려다보았다. 아직 마음의
준비가 되어 있지 않았다. 이선을 바라봤다. 이선이 내 쪽을 보더
니 실쭉 웃었다.

'잘해.'

그 애가 입 모양으로 그렇게 말했다. 세상에는 혼자서는 공연
하기 힘든 많은 악기가 있다. 예를 들어 베이스 그리고 드럼. 나는
이선의 신난 표정이 좋아서, 정말 잘해야겠다고 생각했다. 장갑을
벗었다. 희고 검은 건반이 닮았을 뿐, 이건 어차피 피아노랑은 다
른 악기다.

"아, 잠깐만."

지연 선배가 인상을 찌푸리며 합주를 중단시켰다.

이 연주에는 확실한 문제점이 있었다. 그리고 그 문제점은 나였다.

"최문, 너 악보 못 봐?"

이런 말도 안 되는 소리를 듣다니 억울하다. 내가 처음 악보를 읽은 건 ABC를 외우기도 전이었는데.

"악보대로 쳤는데요……."

하지만 억울하다고 하기에는 내 연주가 어딘가 이상한 불협화음을 만들고 있는 것도 사실이었다.

"악보대로 쳤다구?"

지연 선배가 내게 다가왔다. 나는 반사적으로 왼손을 건반 아래로 내렸다.

"여기 C, 그다음 두 마디는 A 마이너 세븐. 근데 넌 뭘 치고 있는 거야?"

"뭘 치고 있었냐니, 악보에……."

나는 얼떨떨해져서 대답했다. 이선이 당황한 표정으로 나를 보고 있었다.

"여기 음표 모양이 좀 이상해서……. 악상 기호도 그렇고요."

"그걸 왜 네가 읽어?"

지연 선배가 이마를 짚었다. 도운 형이 피식 웃으며 내게 다가

와서 설명을 해 줬다.

"이건 밴드 스코어(악기별 악보를 모두 모아 놓은 밴드 음악용 총보) 잖아. 장갑, 넌 그냥 코드대로 연주하면 돼. 마디 위에 보이지? C, D, A. 이게 코드야."

도운 형이 친절하고 착한 사람이라는 걸 알지만, 내게 코드를 짚어 주는 건 도저히 참기 힘들었다. 김별이 씨익 웃으며 거기에 기름을 부었다.

"얘 그냥 피아노 학원 몇 달 다닌 듯. 너희가 얘한테 맞춰야겠는데……. 너 뭐 칠 줄 아는 거 있음?"

"쇼팽 〈에튀드〉 10-12번이요."

모두의 시선이 내게로 모였다.

"진짜 피아노 학원 다님? 난 농담으로……."

나는 아무것도 모르는 멍청이 같은 김별에게, 나의 〈혁명〉을 바치기로 했다.

내 왼손을 자랑스러워하던 때가 있었다. 하지만 다 의미 없는 일이다. 이제 내겐 남들보다 못한 조건만이 남아 있다.

그러나 지금, 여태 장갑 안에 숨어 있던 왼손은 마치 그때로 돌아간 것처럼 움직이고 있다. 바람에 나부끼는 플라타너스 잎처럼, 자연히 쓸려 갔다 돌아오는 파도처럼. 힘주지 않아도 손이 획획 옥타브를 넘고, 새끼손가락이 엄지를 넘어간다.

사람의 맨살만 닿지 않으면, 내 왼손은 여전히 아무런 문제가 없다. 머릿속에 전쟁, 아니, 일방적인 폭격으로 생겨난 비참한 폐허가 떠올랐다. 하지만 손가락들은 여전히 움직이고 있다. 종장의 끝 음을 세 번 때리기 위해서.

제기랄.

제기랄.

제기랄!

숨을 골랐다. 신시사이저 지지대 한쪽이 와장창 무너지는 소리가 났고, 그제야 나는 현실로 돌아왔다.

주변이 조용했다. 이선이, 박도운이, 지연 선배가 나를 동그래진 눈으로 보고 있었다. 모두가 조용한 가운데 박수 소리가 났다. 김별이 우뚝 일어서서 미친 듯이 손뼉을 치고 있었다.

"그거 클래식이지? 내가 들은 연주 중에 제일 좋은데!"

김별은 감동한 표정으로 성큼성큼 걸어왔다. 그러고는 손을 내밀더니 내 어깨를 끌어당겼다. 그때까지도 난 별생각이 없었다.

'이 자식 왼손잡이네.'

김별과 악수하는 순간, 장갑을 끼지 않은 왼손이 그 녀석과 닿았다는 걸 알았다.

그리고 나는 기절했다.

집에 어떻게 왔는지 생각도 안 난다. 아직도 온몸을 누가 두들겨 패는 것 같다. 거실에서 약상자를 찾고 있는데 현관 비밀번호를 누르는 소리가 났다. 엄마였다.

"뭐 해? 진통제 네 방에 있잖아."

"예전에 다 먹었는데."

엄마가 인상을 찌푸리더니 급하게 내게 다가왔다.

"그럼 타이레놀 먹어. 어차피 약 먹어도 별 효과도 없다면서."

제장.

"문아, 안 그래도 김 박사님이 얼마 전에 연락하셨어. 너 협진 생각 없냐고……."

"됐어! 나 피아노 안 쳐!"

만만한 엄마에게 소리를 질렀다. 고통 속에서도 죄책감이 밀려들었다. 손에 쥐고 있던 것들을 내팽개치고 방으로 들어왔다. 쾅 소리를 내며 문이 닫혔다.

"누가 피아노 치래? 너 걱정돼서 하는 소리잖아……."

밖에서 엄마가 떨리는 목소리로 말하는 것이 들렸다. 나는 왼손을 천천히 붙들어 침대 위에 내려놓았다.

역시 이건 저주다. 피아노를 버려 놓고 쇼팽 같은 걸 치는 게 아니었다.

수많은 고통을 느껴 봤지만 이번만큼 최악인 적은 없었다. 창문 밖이 어두워지자 더 큰 공포가 몰려왔다. 끙끙대며 불을 켰다. 밖에는 비까지 내리고 있었다. 차라리 다시 기절하는 게 나을지도 모르겠다고 생각했다.

"그 새끼는 마음속에 어떤 지옥이 있길래……."

김별의 히죽대는 얼굴이 떠올랐다. 그 녀석의 내면에 차곡차곡 쌓여 있던 공포와 불안은, 잠시 무방비했던 내 왼손을 타고 들어와 나를 잔인하리만큼 쥐어패고 있다. 앞으로 내 몸에 돌아올 폭력이, 고통이 줄 주먹과 발길질이 무서웠다. 끔찍한 불안감이 온몸을 휘감았다.

수술, 약 처방, 물리 치료. 어떤 걸로도 통제가 안 된다. 건초염도 아니고, 복합 부위 통증 증후군도 아니다. 난 알고 있다. 이건 병이 아니다.

"또! 최문! 또 틀렸어! 이게 몇 번째야? 봐, 악보를 보라고! 셋잇단음표 몇 개야? 세 개? 최문, 자꾸 네 멋대로 칠래? 너희 엄마가 지금 너한테 쏟아붓는 돈이 얼만 줄 알아?"

이모가 내 관자놀이를 쿡쿡 찔렀다. 이모는 한번 화가 나면 세 시간 이상을 옆에 붙어 앉아서 나를 괴롭히곤 했다. 관자놀이가 손톱자국으로 새빨개질 때까지.

"외운 거 기억도 못 하고. 이 머리통 속에 뭐가 들었니? 외우려고 노력은 해? 응? 어릴 때부터 달라붙어서 음악 하게 해 주는 부모가 많은 줄 알아? 복 터진 줄 모르고, 뭐? 기분 전환? 한강?"

나는 관자놀이를 찌르는 이모의 손목을 낚아챘다. 그러자 갑자기 악 소리가 잇새에 차올랐다. 삐죽삐죽한 밤송이를 잘못 주운 것처럼 따가운 고통이 내 왼손을 찔렀다. 너무 갑작스러워서 무슨 일이 일어났는지도 몰랐다. 그런데 그 물리적인 고통을 느끼는 순간, 기괴하게도 머릿속에 질투심이 차올랐다.

'이모, 지환 형한테도 이렇게 했어요? 내가 진짜 당신 아들이었으면 이렇게 막 대했겠냐고. 피아노에 재능이 없는 당신 아들은 매일 천재라고 치켜세웠으면서. 그때마다 내가 무슨 생각을 한 줄 알아? 가망 없는 형은 제쳐 두고, 이제야 나한테 집착하는 주제에!'

끔찍한 말들이 입 밖으로 튀어 나가려는 순간, 내 관자놀이를 찌르던 이모의 검지가 허공에 멈췄다. 잡고 있던 손목을 놓자마자 통증이 조금씩 사그라드는 것이 느껴졌다.

"……미안하다. 내가 잠시 흥분했구나. 물 좀 가지고 올게."

이모가 내게 미안하다고 했다.

"너도 뭔가 마실래? 주스면 될까?"

그리고, 다정하게 물었다.

그때 내 왼손의 진짜 증상이 무엇인지 깨달았다. 이 삐죽삐죽하고 날카로운 고통은 이모로부터 넘어온 것이다. 이모가 마음속 깊숙한 곳에 눌러 두었던 나에 대한 질투심이 민감한 왼손을 통해 전부 옮겨온 것이다.

잔뜩 찌푸린 시야로 평온한 얼굴을 한 이모가 보였다. 그런 표정을 짓는 이모를 예전에는 상상조차 할 수 없었다.

그 후로 나는 내 머리통을 찌르는 이모의 손목을 몇 번 더 잡아 눌렀다. 내가 끔찍한 고통을 느낄 때마다 이모는 순식간에 평온해졌다.

"사람들의 아픔을 위로해 주는 피아니스트가 되고 싶어요."

그런 말을 하는 게 아니었다.

눈을 가늘게 뜨자 다시 어둡고 습한 공기가 느껴졌다. 침대에 누워 몸을 동그랗게 말고 고통이 사라지기를 기다렸다. 김별의 얼굴이 떠올랐다.

그는 감동받았다는 듯이 기립하여 손뼉을 쳤고, 내게 다가왔고, 히죽히죽 웃었다. 그런 녀석의 마음속에 이렇게 끔찍한 지옥이 들어차 있었다니. 뭐가 무서워서. 뭐가 불안해서. 나는 나를 끊임없이 두들겨 패는 통증에 짜증조차 내지 못하고 눈을 감았다. 이 시간도 언젠가는 지나갈 거다. 이전의 수많은 시간처럼.

No. 3

피아노도 접었는데

"최문, 최문!"

나는 앞만 보고 걸었다. 몇 번 들어 본 적 없는 목소리지만, 누
군지는 안다. 내 등 뒤로 행인들의 시선이 모이는 데는 다 이유가
있는 법이다.

"최문! 다리가 나보다 길어서 그런가, 헉, 엄청 빨리 걷네."

절대 뒤돌아보지 않을 거다. 하지만 그 인간은 끝까지 뛰어와
기어코 내 앞에 섰다.

"가까이 오지 마세요."

김별은 미안한 표정을 했지만, 나는 그가 꼴도 보기 싫었다.

"미안. 너 왼손 아프다며? 그래서 장갑 끼고 다니는 거라고 하
더라. 몰랐어."

"몰랐으면 답니까? 이제부터 제 주변 50센티미터 이내에 접근

하지 마세요."

"아……, 너무하네."

김별이 씩 웃었다. 저 외모에 저런 웃음으로 쉽게 살아왔겠지만, 나는 절대 쉬워질 생각이 없다. 이 새끼랑은 절대로 엮이고 싶지 않다.

"두 사람 친해졌어? 같이 등교도 하고."

왼편에서 익숙한 목소리와 함께 달달한 딸기 냄새가 났다.

"누가 같이 다닌다는 거야?"

나는 오른손으로 선의 팔을 붙잡고 보폭을 늘려 빠르게 걸었다. 당황한 표정의 김별이 등 뒤로 멀어졌다.

당황한 것은 이선도 마찬가지였다. 교문을 넘어가자 선이 내 손을 당겨 왔다.

"너, 이거 뭐야?"

그러면서 눈을 내리깔았다. 순간 위축될 뻔했지만, 차분하게 생각했다. 언젠가 내가 이선보다 키가 커지면, 저 애가 하나도 무섭지 않을 거다.

……아마도.

"왜 허락도 없이 남을 덥석 잡아?"

손을 놓고 시선을 무시한 채 걸어갔다. 이선의 크고 동그란 눈이 나를 빤히 바라보는 것이 느껴졌다. 눈을 마주치지 않으려고 앞만 보고 걸었다. 옆에서 딸기 향이 일렁였다. 귀가 뜨거워지고 있었다. 아마 뺨까지도. 그럼에도 불구하고 나는 그 애와 보폭을 맞춰 걸었다.

"너 등굣길에 이러면 애들이 오해한다?"

"그런 거 아닌데."

"혹시 나 좋아해? 좋아하면 고백하든가."

발걸음이 저절로 멈췄다. 나를 따라 멈춰 선 이선이 동그랗게 뜬 눈으로 나를 뚫어져라 쳐다보고 있었다.

"하면 받아 줘?"

"뭐?"

"고백. 하면 받아 주냐고."

이선의 큰 눈이 잠시 더 커졌다. 하지만 그 애는 곧 단호하게 대답하며 고개를 돌렸다.

"만난 지 얼마나 됐다고."

"……."

"아직 고백 타이밍은 아닌 거 같은데."

그렇게 말한 선이 걸음을 옮기기 시작했다. 올해 여름이 지나기 전에, 난 이 애보다 더 클 거다. 보통 청소년이 겪는 성장통보다 난 훨씬 더 아프니까, 더 클 게 분명하다.

"알았어."

나는 그 애 옆으로 가서 걸었다. 이선은 싫다 좋다를 말하지 않고 그냥 흐흥, 하고 웃었다.

*

수요일. 정규 교시가 끝나고 이선이 우리 반으로 왔다. 지연 선배와 약속했었다. 일주일에 한 번씩 모여 합주 연습을 하기로.

체육복 차림 그대로 하교하려던 오재영이 내 등 뒤에서 "진짜 이선이 너 괴롭히는 거 아니지?" 하고 걱정스럽게 물어 왔다. 나는 고개를 흔들었지만, 그 녀석은 여전히 나를 가엾게 쳐다보고 있었다. 박도운은 먼저 부실로 갔는지 교실에 없어서, 선과 둘이 나왔다.

"체육 했어?"

선이 물었다.

"응."

"재밌었겠네, 최문."

"체육 좋아해?"

이선이 어깨를 으쓱했다.

"나 완전 에이스였어. 초등학생 때는 지겹게 운동만 했고 운동선수를 꿈꾼 적도 있었는데…….'"

"지금은?"

"다 한때지, 뭐. 어느 날 갑자기 드러머가 되고 싶더라."

그렇게 말하며 이선은 씩 웃었다.

"이젠 아니지만."

나는 불쑥 물었다.

"그날……, 나 너한테 차인 거야?"

그 말을 들은 이선이 고개를 약간 갸우뚱했다.

"고백 안 했잖아."

"그렇긴 하지."

"최문, 내가 고백하라고 하면 해. 그럼 까일 일 없다."

"고백하면 받아 줘?"라고 한 날이 떠올랐다. 나는 이선이 나에 대해 무슨 생각을 하는지 궁금했지만, 정작 선은 그 말에 대해 별로 고민하지도 않고 복잡하게 생각하지도 않는 것 같았다.

"코드 연습은 했어?"

"응."

선이 큰 눈을 접으며 씩 웃었다.

선의 옆에서 걸으며 부실 문을 열 때까지만 해도, 나는 제법 기분이 좋았다. 그 인간이 우리에게 손을 흔들기 전까지만 해도.

"문이 문을 열고 들어오면 문이 문을 연 거? 아님 문이 문한테 열린 거임?"

"도운이 형, 이 새…… 이분 왜 또 여기 있어요?"

옆에 있던 박도운이 기운 없는 웃음으로 대답을 대신했다. 김별이 총알같이 뛰어 올라 내 앞으로 달려왔고, 나는 뒤로 바짝 물러섰다.

"네 연주 들으러 왔는데. 최문, 그때 친 피아노곡 제목이 뭐야?

그날 네가 나 피해 버려서 묻지도 못했어."

선배만 아니었으면 아마…… 저 해맑은 얼굴에 대고 욕을 했을지도 모른다.

"선배님은 동아리 활동 안 해요?"

이선이 나와 김별을 살짝 떨어트려 놓으며 물었다. 그 틈에 나는 신시사이저 쪽으로 빠르게 움직였다.

"나? 부 아직 없는데. 원래 박도운이랑 코인 노래방 다니는 게 특활이었는데 저 새끼가 배신 때림."

"야~ 정말 미안하게 됐다."

가져온 기타를 조율하고 있던 박도운이 한쪽 입꼬리만 올려 웃으며 비아냥거렸다. 그때 지연 선배가 자기만 한 베이스 기타를 메고 들어오며 손을 흔들었다.

인사가 끝나자 이선이 상황을 정리했다.

"이제 연습하죠. 그리고 김별 선배."

"응?"

"선배는 공연 멤버도 아니고 기악부도 아니잖아요. 연습에 방해되니까 다음부턴 오지 말아 주셨으면 좋겠는데요."

나는 내 옆에 앉은 박도운과 눈을 마주쳤다. 김별의 얼굴이 빨개졌다. 아마 김별 역사에 저렇게 면전에서 거절당한 일이 많지는 않을 거다.

"뭐, 난 괜찮은데……."

지연 선배가 당황하며 말끝을 흐렸다. 하지만 이선은 단호한 표정을 풀지 않았다.

"언니, 정말 괜찮아요? 김별 선배가 연습 자꾸 방해하는데? 삼 년 만에 서는 마지막 공연이라면서요. 완벽한 무대 만들어야죠."

인간의 감정이란 무 자르듯 잘리는 것이 아니라서 어떤 예외에 는 물렁해지기도 한다. 내가 이선에게 물렁해졌듯이, 실로 희귀한 예외인 김별의 얼굴에 여학우들이 물렁해질 수밖에 없다는 것을 안다.

하지만 이선은 그렇지 않았다. 나는 오늘부터 이선을 존경하기 로 마음먹었다. 마음속으로 박수를 치고 있는데 김별이 불쑥 말 했다.

"지연 선배, 혹시 학교 SNS에 이 공연 공식 영상 올라가요?"

"방송부에서 촬영하는 거? 설마. 학교에선 아예 우리 부 공연 기록 절대 안 남기려고 할걸? 구경하는 애들이 찍긴 하겠지만."

"그럼 나도 낄래요, 보컬로."

입술을 비죽거리던 김별이 비장하게 말했다.

"너 고음도 안 올라가잖아!"

"뭐 어때. 보컬 키 낮은 곡도 많은데."

박도운이 말려도 소용없었다. 나는 소지연 선배를 간절한 눈으 로 바라보았다.

"음……, 내 자작곡은 괜찮지 않을까? 크게 높은 음이 없어서."

하지만 지연 선배는 이미 김별의 마수에 휘말린 상태였다.

심정은 이해한다. 김별이 무대에 선다면 공연의 퀄리티를 떠나 무조건 화제가 될 테니까. 선배는 자신을 따돌리고, 사고 치고 나 간 헥사의 구 멤버들에게 자기가 그 어느 때보다 주목받는 무대 에 섰다고 보여 주고 싶은 게 틀림없다.

하지만 김별의 합류는 내겐 재앙이었다.

'저 자식 뭐예요?'

입 모양으로 박도운에게 물었다. 도운이 난처한 듯 대답했다.

'원래 저런 놈이야. 자기 하고 싶은 대로 해야 직성이 풀려.'

이선도 난처한 표정이었지만 아까처럼 나설 수는 없는 모양이 었다. 원래 헥사 멤버는 지연 선배뿐이고, 동아리에 가입하지 않 은 우리는 부실을 쓰기 위해서 선배의 부탁을 들어 줄 뿐이니까.

"별이가 보컬 해 주면 나쁠 건 없겠지만……."

지연 선배가 박도운을 바라보았다.

"도운아, 괜찮을까?"

"네……, 뭐."

결국 박도운도 승낙하고 말았다. 김별이 실실 웃으며 박도운과 나 사이로 비집고 들어왔다. 악보를 같이 보기 위해서였다. 짜증 이 치밀었지만, 내가 할 수 있는 건 장갑을 끼는 것뿐이었다.

불운하게도 김별의 노래가 퍽 괜찮다는 걸 깨달을 무렵, 컨테이너 안은 후끈한 공기로 가득 찼다. 우리는 잠시 쉬는 시간을 갖기로 했다. 김별도, 이선과 지연 선배도 밖으로 나갔다. 도운만이 기타 줄을 교체하느라 자리를 지키고 앉아 있었고, 나는 경험자의 조언이 필요했다.

"그거 거절이야."

박도운은 침착한 목소리로 말했다.

"하지만 선이가 그랬는데요. 자기가 고백하라고 할 때 고백하면, 사귀어 준다고."

"몇 번을 말하게 하냐. 완곡어법이잖아. 1학년에 이선 좋아하는 애만 한 트럭이야. 그중에 널 고른다고?"

"그럼 진짜 거절⋯⋯."

"당연하지. 그렇게 좋을 대로 여자애 말 해석하다가 너 언젠가 큰일 난다."

방금까지만 해도 더웠던 공기가 싸늘해지는 것 같았다.

"뭔 얘기를 그렇게 비밀스럽게 함?"

화장실에서 돌아온 김별이 빙글거리며 다가왔다. 나는 빛의 속도로 장갑을 꼈다.

"넌 알 거 없다."

박도운, 아니, 도운 형이 고맙게도 입을 다물어 주었다. 때마침 이선과 지연 선배가 자판기에서 캔 음료를 뽑아 왔다.

"뭐 마실래?"

선이 양손에 쥐고 있던 음료 캔을 들어 보였다. 나는 힘없이 턱짓을 했다.

"뭐야? 어디 아파?"

"아니야⋯⋯."

애써 미소를 지어 보였으나 실망감을 감추기가 힘들었다. 이선은 김별에게도 음료를 나누어 주었다. 둘 사이의 공기가 반짝반짝 빛나는 것 같았다.

"자, 그럼 다시 시작할까?"

지연 선배가 말했다. 이선이 시험 삼아 드럼을 두드렸고, 그 틈에 도운 형이 내게 작게 속삭였다.

"별이한텐 여자 문제는 일절 말하지 마."

이젠 누구한테도 말하고 싶지 않았다.

"나도 얘기 안 해. 김별은 믿지만 내 여자 친구는 절대 못 믿겠거든."

"알겠어요."

어깨가 아주, 아주 조금 처졌다.

*

날이 어둑해질 무렵, 나와 이선은 정류장에서 버스를 기다리고 있었다. 왼손에 낀 장갑을 바라보며 한숨을 내쉬었다. 그나마 얇아서 고른 장갑이었지만, 여름에 쓸 만한 것은 아니었다.

"최문, 무슨 고민 있어?"

아무것도 모르는 이선이 물었다. 나는 이선을 평소처럼 대하려고 노력했다.

"아냐."

"스코어 보는 거 대충 익혔더라?"

선이 살짝 미소 지으며 말했다.

"난 너 때문에 소지연 선배 도와주는 거야."

불쑥 그런 말이 나왔다.

"응?"

"건반 굳이 치고 싶지도 않고, 김별이 눈앞에 알짱거리는 것도 진짜 짜증 난다고."

엉겁결에 불만을 뱉어 놓고는 곧바로 후회했다.

"김별 선배 껄끄러워? 전에 손잡은 거 때문에 그러는 거?"

나는 차마 눈도 못 마주치고 고개만 끄덕였다. 웅덩이를 지난 것 같은 습한 바람이 불었다.

"나만 믿어. 내가 책임지고 너한테 손 못 대게 할게."

이선이 또박또박 말했다. 버스가 와서 우리 앞에 섰다. 버스에 타는 선을 올려다보았다. 선이 씩 웃으며 손을 흔들었다. 다시 심장이 콩콩 뛰었다.

버스를 몇 대 보내면서 골똘히 생각에 잠겼다. 십여 분 정도 나는 나 자신과 치열하게 토론했고, 이선이 나를 그냥 친구로서 편하게 생각하고 있다는 객관적인 사실을 받아들였다.

또다시 버스가 왔고, 나는 평소처럼 버스에 탔다.

마음을 접는 게 쉬운 일은 아니지만, 피아노도 접었는데 다른 거라고 접지 못할 이유가 없다. 수요일쯤 되자 내 기분은 점점 평소대로 돌아왔다. 도운 형과 함께 합주실 문을 열었을 때였다.

"학교에서 다음 달에 우리 부 정식으로 없애겠대. 이 공간도."

암울한 표정의 지연 선배가 말을 하다 우리 쪽을 쳐다봤다. 이선과 김별도 있었다.

"너희 왔구나."

"그게 무슨 소리예요, 언니?"

이선이 동그래진 눈으로 되물었다. 나도 당황스럽긴 마찬가지였다.

"학교의 모든 동아리는 세 명 이상이어야 공간을 이용할 수가 있대. 그래서 말인데, 너희 가입한 부가 없으면……."

김별이 짜증스러운 목소리로 선배의 말을 잘랐다.

"그러면 우리가 핵사에 들어가야 해요? 전 게스트로 공연만 하고 싶은데요."

"저도 입부는 좀 곤란한데……."

도운 형도 말을 보탰다. 지연 선배가 고개를 푹 숙였다.

"그래, 어쩔 수 없지."

나는 어떻게 해야 할지 갈피를 잡을 수 없었다. 이선을 위해서라면 계속 남아 있을 수도 있다. 하지만 도운 형과 김별이 나가면 어차피 공연은 못 하게 되는 거 아닐까?

그때 이선이 지연 선배를 봤다.

"새로 부를 만들면 되잖아요."

"뭐?"

"선생님 구하고 새 동아리를 만들면 되잖아요. 음악 감상 소모임이라든가, 뮤직 테라피부라든가. 어쨌든 기악부만 아니면 되는 거니까요."

"……그게 그렇게 쉬운 게 아니야."

지연 선배가 고개를 내저었다.

"왜요? 다른 학교는 학종 때문에 없는 대외 활동도 만든다는데. 언니 입시에도 어차피 헥사는 도움 안 되잖아요. 교무실에 저랑 같이 가요. 뭐라도 해 봐야죠."

이선이 막무가내로 소파에 앉아 있던 지연 선배를 일으켜 세웠다. 그러고는 우리를 돌아보며 말했다.

"세 사람도 부 이름 바꿔 오면 군말 없이 가입해요. 아직 4월이니까."

이선은 전생에 장군이 아니었을까? 우리는 멍하니 있다가 고개를 끄덕였다.

선과 지연 선배가 나가고 나자 잠시 적막해졌다.

"으음……, 될까?"

"글쎄. 소지연 선배가 고3이라서 될지도 모르겠네."

박도운이 고개를 갸웃했다. 김별이 내 쪽으로 다가오자 나는 잔뜩 긴장했다.

"왜요."

"아니, 너 혹시 이 노래 칠 수 있어?"

김별의 휴대폰에 떠 있는 건 또 쇼팽이었다. 〈스케르초〉 2번. 나는 잘 움직여지지 않는 고개를 끄덕였다. 칠 줄은 안다. 수도 없이 연습했으니까.

"좀 쳐 줘라. 한 번만."

이 사람은 왜 이렇게 무례하지? 이모가 오버랩되어서 더 짜증이 났지만 도운 형의 눈치가 보였다. 그래도 두 사람은 친구고, 김별은 선배다.

"나중에요."

기절했던 날이 떠올랐다. 저절로 이맛살이 찌푸려졌다. 내가 질색하는 게 티가 났는지 도운 형이 김별에게 말을 걸어 두 사람은 자판기 음료를 사러 나갔다.

'공연이고 뭐고 차라리 이대로 끝나 버렸으면 좋겠다.'

소파에 드러누웠다. 하지만 눈을 감자마자 머릿속을 헤집고 들어오는 쇼팽 〈스케르초〉와 싸워야 했다. 다라락 다라락. 신경을 살살 긁는 도입부를 어떻게든 머릿속에서 떼어 내고 싶었다. 이게 다 김별 탓이다.

"봐!"

불쑥 뛰어 들어온 이선의 목소리 때문에 졸음으로 가물가물한 눈을 떴다. 눈앞에서 종이 한 장이 팔락이고 있었다.

신규 동아리 허가원

"이거 오늘까지 제출하래."

"선생님이 된대?"

"해 봐야 알지. 지금 지연 선배랑 3학년 부장 쌤이 논의 중인데, 잘될 거야."

"진짜 잘될 거라고 생각해?"

선은 너무 쉽게 대답했다.

"해 보지 않고는 모르지."

그래, 해 보지 않고는 모른다. 다들 그렇게 시작한다. 하지만 난 안다. 해 본다고 한들 되는 게 많진 않다는 걸 말이다.

"너 지금 와서 발 빼기 없기야."

선이 귀신같이 눈치를 채고 내 옆에 앉았다. 허가원 양식을 바라보는 그 애의 눈에서 반짝반짝 빛이 나는 것 같았다.

"그렇게 드럼을 치고 싶어?"

"여기까지 왔는데 억울하잖아."

선의 옆얼굴은 단호한 표정을 하고 있었다. 그 애의 손이 바로 내 손 옆에 있었다. 이선이 내 시선을 느꼈는지 나를 돌아봤다. 그리고 우리는 누가 먼저랄 것도 없이 각자 다른 곳으로 시선을 돌렸다. 그날, 모임이 끝날 때까지 선과는 괜히 어색해져서 인사도 제대로 할 수 없었다.

그다음 주 수요일, 지연 선배가 문을 뚫다시피 하며 부실로 들어왔다.

"선아!"

그러고는 이선을 와락 끌어안았다.

"고마워! 담임 쌤이 담당 자율 동아리로 허가 내 주시겠대!"

"거봐요, 언니!"

"이렇게 쉽게요?"

우리 둘이 다른 반응을 보이자 지연 선배는 잠시 멈칫했다.

"응. 기악부로 허가가 나진 않았지만, 공간은 쓰게 해 주시겠대. 그것만 해도 어디야."

"그럼 공연할 수 있어요?"

"응. 동아리 활동 중 축제 참여 내용은 자유니까."

선배가 의기양양하게 말했다.

"잘됐네."

태평하게 말하는 김별의 손에 무언가가 건네졌다. 지연 선배는 김별뿐 아니라 우리 모두에게 에이포 용지 절반 크기의 하늘색 종이를 나눠 주었다. 거기에는 제목 이외의 글자가 깨알처럼 적혀 있었다. 마치 과자 봉지 뒤편에 적힌 식품 첨가물 정보 같았다.

초대합니다!

새롭게 창설된 뮤직 테라피 동아리 '터치'가 고민이나 스트레스로 지친 학우들을 초대합니다. 고민도 나누고, 멋진 합주도 들으며 스트레스를 날려 보세요!

· 정기 모임: 수요일 방과 후, 교사 뒤편 컨테이너

"마지막 줄에 이거 뭐라고 쓴 거임?"

김별이 뚱한 목소리로 말했다. 마지막 줄의 '정기 모임: 수요일 방과 후'는 글씨가 정말 너무 작아서 슬쩍 보면 그냥 점 같았다.

"우리 동아리 활동 내역을 적어야 하거든? 이거 대충 1층이랑 2층 복도 게시판에 붙여. 사진 찍게. 일단 붙여 놓고 아무도 안 왔다고 해도 되니까."

지연 선배가 그랬으면 좋겠다는 바람을 담아 말하는 게 느껴졌다. 뭐, 글씨가 이렇게 작으면 아무도 안 볼 것 같긴 하다. 우리는 조그만 글씨를 집중해 읽느라 모두 똑같은 표정이 되었다.

도운 형이 불쑥 반박했다.

"김별 있다는 거 알면 사람 올 텐데요?"

그 말에 바로 이선이 김별을 노려봤다.

"공연 전까지 아무한테도 우리 동아리라고 하지 마세요."

그러자 김별이 나를 쳐다봤다.

"최문이 클래식 쳐 주면."

아무래도 이 인간이 더 이상 조르지 못하게 하려면 연주를 해야 할 것 같다. 나는 한숨을 내쉬었다. 도운 형만이 불쌍하다는 표정으로 나를 바라보고 있었다.

"넌 왜 안 가냐."

지연 선배와 도운 형이 각자의 악기를 챙겨서 부실을 나갔지만, 이선은 드럼 의자에 앉은 채 우리를 지켜보고 있었다.

김별이 다시 말했다.

"너도 최문 연주 들을 거야?"

"둘만 둘 수가 없어서요."

"왜?!"

그 말에 나도 의아해져서 이선 쪽을 바라봤다.

"선배님이 문이 괴롭히면 안 되니까요."

"내가 왜 최문을 괴롭혀?"

"전에 김별 선배 때문에 쟤 쓰러졌잖아요. 또 그런 일 안 일어나리란 보장이 없으니까."

"……그때는 사고고! 그리고 최문이 애야? 내가 최문이랑 일대 일로 붙어서 이길 수 있을 거 같아? 쟤 키가 나보다 5센티미터는 더 큰데?"

저런 말을 참 당당하게도 한다.

"아무튼 문이랑 약속했으니까, 나 있는 데서 쳐요."

약속? 무슨 약속? 곧 지난번에 선이 한 말이 떠올랐다.

"내가 책임지고 너한테 손 못 대게 할게."

아, 그건가?

열심히 눌러놓았던 이선에 대한 마음이 한 번에 복구됐다. 정말 큰일이다.

"뭐 해?"

휴대폰 녹음 버튼을 누른 김별이 나를 다그쳤다. 그제야 정신이 돌아온 나는 의자 높이를 연주에 맞게 조절했다.

"세게 치지 마. 지난번처럼 키보드 지지대 부서진다."

그걸 대비해서 이미 건반 밑에 종이 상자도 몇 개 가져다 놨다. 그리고 뭐, 지겹게 연습했던 〈스케르초〉인데.

장갑을 벗어 옆에 두었다. 김별이 소파 쪽으로 걸어가 앉았다. 창가로 분홍과 다홍색이 섞인 노을빛이 들어왔다. 나는 다짐처럼 말했다.

"요청곡은 합주 끝나고만 칠 거예요. 다른 때는 시간 못 내요."

"아, 알겠다고."

김별에게 확인을 받아 놓고, 나는 일주일 내내 머릿속을 맴돌던 쇼팽 〈스케르초〉 2번의 첫 도입부를 쳤다.

신시사이저의 건반은 매우 가볍고, 음색도 음량도 모자라다. 앉아서 칠 때의 높이도 피아노와 애매하게 다르다. 페달은 밟아 봤자 더 이상한 소리만 난다. 나는 의식적으로 힘을 빼려고 노력했다. 계속 반복되는 도입부를 지나면, 잔잔한 음들이 흐른다. 손은 전혀 아프지 않다. 이상한 일이다. 피아노 때문에 아픈 게 확실한데, 왜 피아노를 칠 때는 아프지 않지?

'엄마가 이거 치고 있는 거 알면 난리 나겠다.'

하지만 왼손은 여전히 아프지 않았다. 계속 똑같은 음들이 반복되었지만, 아무 일도 일어나지 않았다. 가장 초라하고, 별 볼 일 없고, 가장 편안하게 친 〈스케르초〉였다. 끝까지 치고 나서야 깨달았다.

'나, 아직도 피아노 못 접었나.'

김별이 짝짝 박수를 쳤다. 이선과 눈이 마주쳤다. 나는 두 사람에게 콩쿠르에서처럼 깍듯하게 인사를 했다.

*

"문아, 양 엄청 많이 주는 분식집 있는데 같이 안 갈래?"

"떡볶이?"

"너희만?"

김별은 왜 애써 불청객을 자초하는 걸까?

머릿속에서 드르륵거리던 〈스케르초〉가 치자마자 성불한 것처럼 사라져서 조금 상쾌했기에, 김별이 끼는 게 크게 기분 나쁘진 않았다. 하지만 이선과 단둘이면 좋았을 텐데……라는 생각이 스멀스멀 기어 올라왔다.

'나, 아직 이선도 못 접었나?'

이선은 자신이 단골이라는 분식집으로 우리를 데려갔다. 학교 뒷골목에서부터 꽤 긴 시간을 걸어 ○○여중 바로 앞에 있는 가게에 도착했다. 간판에 알록달록한 글자로 '전설의 대식이'라고 쓰여 있었다. 안은 제법 넓고 깔끔했지만 오래된 분위기가 풍겼다.

우리 셋이 들어갔을 때, 그 큰 공간에 자리는 두 테이블밖에 남아 있지 않았다. 그리고 그 순간, 나는 미남 미녀가 평소에 어떤 시선 테러를 받고 사는지 알게 되었다. 안에 있던 근처 여중의 학생들이 다 우리 쪽을 쳐다봤다. 하나같이 눈동자가 김별을 향하고 있었다. 그렇게 추운 날씨도 아닌데 김별이 교복 안에 입은 집업 재킷의 지퍼를 끝까지 올려 얼굴을 턱까지 가렸다.

자리에 앉자마자 튀김이 한 접시 나왔다.

"저희 아직 안 시켰는데요?"

"우리 집은 시키고 그런 거 없다."

음식을 놓고 간 아저씨가 그렇게 말해 주었다. 그리고 우리는 곧 전설의 대식이가 어떤 음식점인지를, 어떤 고객을 필요로 하는지를 알 수 있었다.

이선은 어떻게 저 많은 튀김과 순대와 뻥튀기를 아무렇지도 않게 위에 채워 넣을 수 있는 걸까. 마치 위장에 블랙홀이 연결되어 있는 것 같았다. 뻥튀기가 입안으로 들어가자마자 순대가 쏙 넘어가고, 순대를 목으로 넘기자마자 튀김 부서지는 소리가 들렸다.

"얘들아, 천천히 먹어라."

서빙해 주는 아저씨가 무심하게 걱정하며 떡볶이 한 그릇을 우리 테이블에 내려놓는 것으로 본격적인 먹방이 시작됐다. 떡볶이는 냉면 그릇 수준의 대접에 담겨 있었다. 이선은 그 냉면 그릇 떡볶이를 거의 마시다시피 했다.

"와……."

김별의 입에서 작은 탄성이 나왔다. 나는 주변의 시선을 느끼고 뒤를 돌아봤다. 하지만 중학생 애들은 여전히 김별만을 흘끔거리고 있었다. 김별한테 자리를 바꾸자고 해 볼까.

"리필이요!"

리필도 돼? 이선이 그렇게 외치자 나는 사장님의 순이익이 걱정되기 시작했다. 곧 체할 것 같은 기분이 들어서 포크를 내려놓고 나와 같은 심정인 것처럼 보이는 김별에게 물었다.

"인터넷에 연주 동영상이 널렸는데 형은 왜 굳이 나한테 연주를 해 달라고 하는 거예요?"

어묵 하나를 깨작거리며 씹던 김별이 바로 대답했다.

"네 곡 들으면 잠 엄청 잘 와."

칭찬인지 아닌지 아리송한 말이었다.

"나 불면증 있거든. 그렇지 않아도 피아노곡은 다 그렇게 숙면 효과가 있는 줄 알고 이것저것 들어 봤는데, 네 연주가 최고더라고."

"네 연주가 최고"라는 말을 듣자 실소가 나왔다. 그건 타이밍에 의한 착각일 뿐이다. 김별이 숙면할 수 있었던 건 그날 내게 마구잡이로 악수한 것 때문이다. 김별이 가지고 있던 모든 괴로운 감정을 내가 대신 앓아 잠들지 못했기 때문에 그가 푹 잠들 수 있었던 거다.

나는 장갑이 잘 끼워져 있는지를 다시 한번 확인하기 위해 왼손을 쳐다보았다. 잠시 먹방을 멈춘 선이 물었다.

"그런데 문이가 그렇게 피아노를 잘 치는 거예요?"

"잘 치는 거지. 음을 하나도 안 틀리잖아."

선의 질문에 김별이 포크로 오징어 튀김을 찌르며 대답했다. 둘 다 전공자가 아니라서 모르나. 굳이 대화에 끼어들기 싫어서 떡볶이를 하나 집어 물었다.

"하나도 안 틀린 거예요? 최문, 진짜야? 난 음 틀린 거 구분 잘 못 하거든. 피아노같이 악기 하나면 더 그렇구."

선의 시선이 내게 꽂혔다. 유난히 단 떡볶이를 모두 삼키고 나자 더 침묵할 수도 없었다.

"단순히 미스 터치가 있느냐로 잘 쳤다, 못 쳤다를 판단할 수는 없어. 그냥 이 형이 라이브 연주를 많이 안 들어 봐서 그럴지도……."

"음이 틀렸는지 물어보는데 최문 넌 왜 딴소리해. 근데 이선, 너 악기 하는 애 맞냐? 음치도 아니고 딱 들으면 알아야지."

오징어 튀김을 씹던 김별이 아무렇지 않게 말했다. 이선 역시 아무렇지 않은 표정으로 대답했다.

"아, 맞아요. 저 태어날 때부터 음 구분 못 했어요. 드럼은 소리가 달라서 구분되는데 피아노 같은 악기는…… 도, 레, 미, 파 같은 음계밖에 없어서 구분이 안 되거든요. 다 한 음으로 들려서."

"혹시 귀에 장애 있어? 무슨 소리가 한 음으로 들려…….."

"네. 맞아요, 청각 장애."

당황한 나는 테이블 아래로 김별의 정강이를 찼다. 김별이 내 쪽을 째려보려다가 그제야 자신의 실수를 알아차린 듯 손으로 입을 막았다. 갑자기 분위기가 가라앉았다. 나와 김별은 조심스럽게 옆자리에 앉은 이선의 눈치를 살폈다. 선이 여전히 아무렇지 않은 표정으로 떡볶이 국물에 순대를 찍다가 우리의 표정을 눈치채고 말했다.

"분위기 왜 이래요?"

"야, 이선…….."

김별이 미안하다는 말을 입 모양으로 뻐끔거리는 순간, 선이 피식 웃으며 말했다.

"장애가 나쁜 것도 아닌데 이 분위기 뭐지? 그냥 내가 여자고, 키가 좀 큰 것처럼 장애도 내 특징 중 하나일 뿐이에요. 나 하나도 불편하지 않으니까 눈치 보고 그러지 마요."

그러더니 나한테도 한 소리 했다.

"최문, 너도 눈치 보지 마. 어차피 합주 계속하다 보면 알게 될 거였어."

"그러면 내 연주 듣는 동안 지루했겠다."

나 역시 이선에게 미안해졌다. 괜히 김별이 내게 손 못 대게 한다는 둥 책임진다는 둥 얘기를 하게 해서 보잘것없는 연주를, 그 것도 음도 구분 안 되는 연주를 십 분이나 듣게 만들었으니 말이다. 하지만 선은 고개를 가로저었다.

"아냐, 되게 좋았는데. 음은 구분 안 돼도 박자는 들리거든. 너 표정도 진지하고 멋있었어."

이선의 대답에 어색하던 분위기가 다른 의미로 더 어색해졌다. 맞은편의 김별이 나를 음흉한 얼굴로 쳐다보고 있었다. 언제 올라갔는지 모를 입꼬리를 내렸지만, 또다시 시작된 김별의 말실수는 막지 못했다.

"너희 사귀냐?"

김별을 데리고 오는 게 아니었다. 저 말에는 이선도 바로 답을 못했다.

그때, 내 것도 이선의 것도 아닌 누군가의 목소리가 불쑥 튀어
나왔다.

"오빠 이름 뭐예요?"

건너편에서 떡볶이를 먹던 중학생 여자애들이 우리 테이블 앞
에 서 있었다. 그중 토끼 얼굴이 달린 분홍색 핀을 한 여자애가 다
시 물었다.

"우주고 맞죠? 2학년 오빠 아니에요?"

"혹시 연예인이에요? 데뷔 아직 안 했나? 사인 하나만 해 주면
안 돼요?"

그 순간, 나와 이선을 향해 느물거리는 표정을 짓고 있던 김별
이 딱딱하게 굳는 것이 보였다. 최소한 저 중학생들과 아는 사이
는 아닌 것 같았다. 굳어 버린 김별을 대신하여, 내가 최대한 카리
스마를 실어 대답했다.

"미안한데 우리 아직 밥 먹고 있어서. 나중에 올래?"

하지만 내 말은 하나도 위엄이 없었던 것 같다.

"넌 뭔데요? 그쪽한테 물어본 거 아닌데요."

맞는 말이긴 하다. 굳은 얼굴의 김별이 딱딱한 목소리로 겨우
세 글자를 뱉었다.

"가 줄래."

"아니, 이름만 알려 주세요. 네? 오빠."

74

토끼 핀을 한 여자애가 다시 말했다. 요새 중학생들 무섭네. 나는 속으로 한숨을 쉬며 고개를 가로저었다.

"야, 싫다잖아."

이번에는 이선이 나섰다. 하지만 애들도 호락호락하진 않았다.

"언닌 누군데요? 그리고 이름 정도는 대답해 줄 수도 있는 거 아니에요?"

"대답 안 할 수도 있는 거지."

나지막하지만 무서운 목소리에 이선의 카리스마가 나 따위와는 비교조차 할 수 없다는 것을 깨달았다. 토끼 핀의 목소리가 조금 작아졌다.

"그래도 사람이 물어보면 대답하는 게 예의죠……."

선이 컵을 테이블에 탁 내려놓으면서 눈을 가늘게 떴다.

"말 못 알아들어? 너희는 예의가 있어서 이러고 있냐? 본인이 가라잖아."

그러고는 팔짱을 낀 채 자리에서 일어섰다. 그제야 토끼 핀을 비롯한 여자애들이 서로 시선을 교환하더니 가 버렸다. 분위기가 다시 가라앉았다.

"선배, 괜찮아요?"

"응."

하지만 김별의 표정은 전혀 괜찮아 보이지 않았다. 선이 어깨를 으쓱하며 말했다.

"외모를 어떻게 하겠어요, 그냥 특징인데. 뭐, 좀 귀찮긴 하겠지만 그냥 받아들여요. 나처럼."

그러더니 컵을 모아 콜라를 다시 채우러 간다며 자리를 떴다. 천천히 표정이 되돌아온 김별이 내 포크를 툭 쳤다. 나는 어느새 올라간 입꼬리를 억지로 다시 내렸다.

아, 망했다. 아직도 이선을 좋아하는 게 틀림없다.

나에겐 타인에게서 정을 뗄 수 있는 아주 간단한 방법이 있다. 아프면 된다. 왼손이 그 사람에게 닿고, 끔찍한 아픔을 경험하면 대개는 김별을 대하듯이 그 사람을 피하게 된다.

선이 자신의 청각 장애를 고백하던 순간을 떠올렸다. 표정은 담담했지만 악기를 하는 사람에게, 특히 합주를 하는 사람에게 있어 음계를 구분하지 못한다는 건 치명적인 장애임에 틀림없다. 받아들이기까지 힘들었을 게 분명하다.

다음 역은 ○○, ○○입니다.

왼손에 낀 검은색 장갑을 멍하니 바라보며 이선과의 첫 만남을 곱씹었다.

"소리 크다니까요."

그때의 이선은 분명 예민했다. 지금과는 다른 사람 같았다. 이선에게도 분명 마음의 상처가 있을 것이다. 손이 닿으면 알 수 있다. 그 애가 어떤 감정 때문에 괴로워하는지.

선은 내 이상형이다. 동경한다. 예쁘고, 자유로운 연주를 하고, 누군가에게는 치명적인 콤플렉스일 이야기를 당당하게 한다. 내가 못 가진 것들을 잔뜩 가지고 있다. 그런 애가 만약 김별처럼 끔찍한 고통을 품고 있다면, 사실은 마음속 깊숙이 곪아 터진 상처가 있다면, 나는 계속 걔를 좋아할 수 있을까?

다음 역은 ○○○, ○○○입니다.

"잠깐만요!"

화들짝 놀라 자리에서 일어섰다. 벌써 내릴 곳에서 몇 정거장이나 지나 있었다.

No. 4

드럼보다, 돼지갈비보다 이선을 좋아하니까

"내가 고백하랄 때 고백해."

그 말을 들은 지 한 달이 지났다. 예쁜 말로 포장했지만, 결국 거절인 거다.

이선이 얼마나 예쁘든 간에, 나를 지켜 준답시고 십 분 동안 지루했을 연주를 들어 준 마음이 얼마나 고맙든 간에, 난 그 애한테 더 이상 집착하지 않을 거다.

"그래, 오늘은 꼭 접어 보자."

"뭐?"

앞서가던 도운 형이 고개를 돌리자마자, 나는 각오를 다지려 쥐었던 주먹을 슬그머니 폈다. 도운 형은 이상하다는 눈으로 날 훑어보더니 부실 문을 열었다. 김별과 이선이 먼저 와 있었다.

김별이 내게 손을 붕붕 흔들어 보였다. 그 옆의 이선이 날 보며 미소 짓자, 아까의 의지가 싹 사라지는 게 느껴졌다.

안 돼.

사람을 좋아하려면, 먼저 좋아하지 않는 법도 연습해야 한다.

"이선, 지난주에 안 체했냐?"

나는 부러 퉁명스럽게 말했다.

"아, 떡볶이? 괜찮았는데. 문아, 속 안 좋았어?"

"너 엄청 많이 먹던데. 그 가게 사장님 생각해서 한 달에 한 번만 가라. 사장님 불쌍하지도 않냐? 완전 코끼린 줄."

그 말에 이선의 표정이 싹 변했다.

"너 일루 와. 뭐라고? 코끼리?"

우리는 잠시 부실을 뛰어다니며 실랑이를 벌였다. 김별이 조심스럽게 진로를 가로막자, 멈춰 선 우리 사이의 거리가 좁혀졌다. 이선의 얼굴에 슬쩍 장난기가 보였다. 아마 내 표정도 저렇겠지.

나는 왼손으로 가드를 올리면서 말했다.

"알지? 나 이 손 아픈 거. 맞으면 기절할지도 몰라."

"원래 코끼리랑 부딪히면 아픈 사람이든 뭐든 기절하는 거 알지? 빨리 손 치워라?"

선이 인내하는 표정으로 내 처분을 고민하고 있을 무렵, 지연 선배가 자기 키만큼 긴 베이스를 들고 들어왔다.

"또 학폭이야?"

지연 선배가 손이 올라간 이선과 막으려는 나를 보며 말했다.

우리는 동시에 고개를 내저었다. 그런데 지연 선배 옆에 처음 보는, 양 갈래 머리를 한 사람이 서 있었다.

"누구예요?"

도운 형이 나를 대신해서 물었다.

"아……, 우리 반 앤데…….”

"선배 친구요?"

"고민이 있어서 왔대."

"고민이 있는데 왜 여길 와요?"

김별이 어리둥절해서 말했다. 우리 모두 김별과 똑같이 어리둥절해하고 있었다.

"그……, 왜, 우리가 뮤직 테라피부라서, 고민을…… 나누고, 연주도 들려 주고…… 해야 하잖아…….”

소지연 선배의 목소리가 점점 기어 들어갔다. 기억 속에서 희미하게, 1층 복도에 붙인 하늘색 공고문이 떠올랐다.

초대합니다!

새롭게 창설된 뮤직 테라피 동아리 '터치'가 고민이나 스트레스로 지친 학우들을 초대합니다. 고민도 나누고, 멋진 합주도 들으며 스트레스를 날려 보세요!

· 정기 모임: 수요일 방과 후, 교사 뒤편 컨테이너

마지막 줄, '수요일 방과 후'라는 글자는 너무 작아서 잘 보이지도 않았는데……

이 사태에 대처할 방법을 찾고 있는데. 양 갈래 머리를 한 3학년 선배가 말했다.

"뭐야, 뮤직 테라피부라며. 소지연, 내가 잘못 온 거야? 아니면 너 혹시 기악부 계속하려고 부 이름만 바꾼 거야?"

머릿속에 무면허로 운전하다 가로수를 들이받은 전설적인 기악부 '헥사'가 떠올랐다. 도운 형의 대응이 가장 빨랐다.

"아뇨, 아닌데요. 저희 뮤직 테라피부 맞는데요."

"그러고 보니까 넌 김별? 네가 왜 여기 있어? 너도 헥사……."

"아니! 아뇨! 여기 기악부 아니고 뮤직 테라피부예요! 소지연 선배가 새로 만든 자율 동아리고 전 김별도 아닌데요!"

김별이 랩 하듯이 말을 쏟아 내자마자 내 앞에 있던 이선이 그 선배 앞으로 후다닥 뛰어갔다.

"아, 선배님, 무슨 고민이 있어서 오신 건데요? 저희랑 고민도 나누고 음악도 듣다 가세요."

갑자기 모두의 분위기가 사근사근해졌다. 지연 선배가 안도의 한숨을 내쉬는 게 보였다.

전영화. 3학년 2반. 소지연 선배와 같은 반 친구로, 취미는 신문 보기, 특기는 타로점이라고 한다.

어떻게 아냐면 그 선배가 계속 자신의 사연을 줄줄 말하고 있기 때문이다.

"집에서 나오기 전에 꼭 신문을 봐야 해. 엄마는 그냥 인터넷에서 찾아보라고 하지만, 복채도 안 내고 무료로 보기엔 찜찜하잖아. 그래서 우리 아파트에서 유일하게 우리 집만 신문 봐. 아무튼 집 나오기 전에는 꼭 띠별 오늘의 운세를 봐야 해. 그리고 한 달에 한 번 잡지에 실리는 별자리 운세도 봐. 뭐 살 때도 행운의 아이템 같은 건 꼭 사고, 오늘 운세가 불길하면 최대한 안 움직이고 학원도 안 가려고 해. 자기 전엔 타로점을 치고 자고."

"어……, 하는 게 많으시네요."

도운 형이 떨떠름하게 반응했다. 소파에 앉은 영화 선배가 말을 이었다.

"진짜 살기 너무 힘들어. 운세 앱이 새로 나오면 다 사야 하니까. 과금한 게 이번 달에만 얼만 줄 알아? 누구한테 말할 수도 없고, 이렇게 살다 보니까 공부할 시간도 없고, 성적은 계속 떨어지고……. 이 문제 때문에 답답해하던 중에 너희 동아리 홍보 글을 붙이던 지연이를 본 거야."

소지연 선배가 미안한 표정으로 우리를 바라보았다.

"그날 행운의 색깔이 하늘색이었거든. 이번 주 행운의 요일은 수요일, 아이템은 악기였구! 게다가 조언은 '새로운 사람을 만나 도움을 구하세요'였어. 운세가 딱 너희 동아리를 가리키고 있잖

아. 그러니까 날 좀 도와줘."

영화 선배는 우리 한 명 한 명에게 절실한 눈빛을 보내며 말했다. 하지만 그렇다고 한들, 우리에겐 선배를 도울 능력이 없다.

"어……, 영화야, 그러면, 점을 보는 걸 좀 참아 보는 게 어때? 일단 하루만이라도."

지연 선배가 조언했지만, 영화 선배는 단호했다.

"하지만 그러면 불안하단 말이야."

"공부할 시간도 없는데 왜 점을 봐? 애초에 안 보면 되잖아."

김별이 작게 구시렁거리는 소리가 들렸다. 영화 선배가 그쪽을 째려보며 날카롭게 말했다.

"뭘 들었니? 불안하다구!"

나는 김별의 얼굴을 가리기 위해 일어섰다.

"그러면 타로나 별자리나, 뭐……, 그런 것 중 하나만 보는 건요? 딱 하나만 보면 시간이 덜 소모될 텐데요."

"크로스 체크를 해야 어떤 운세가 더 확실한지 알 수 있잖아."

"너도 점을 백 퍼센트 신뢰하는 건 아니구나……."

지연 선배가 힘 빠진 목소리로 말했다.

"하지만 대충은 맞는단 말야. 차라리 아예 안 맞으면 모르겠는데, 어느 정도 맞으니까 문제라고, 맞으니까."

영화 선배가 팔짱을 꼈다. 속이 답답해졌다. 무슨 조언이든 다 튕겨 내면서 뭘 어떻게 해 달라는 거야? 도운 형도 나와 비슷한 생각을 했는지 미간을 찌푸렸다. 그때 이선이 딱, 하고 손가락을 튕겼다.

"대충 맞게 하는 건 누구나 할 수 있을 거 같은데요, 영화 선배? 잘 봐요. 제가 예언 하나 할게요. 자, 최문은 오늘 나한테 떡갈비를 사 줄 것이다."

"뭐? 내가 왜."

"아까 나 코끼리라고 놀렸잖아. 떡갈비 사 주면 용서해 줄게."

"네가 좀 먹냐? 안 돼."

나는 완강한 표정으로 고개를 저었다. 떡갈비라니. 그런 고급 음식을 이선이 만족할 때까지 산다면 한 달 용돈이 다 없어지고 말 거다.

"그럼 삼겹살은?"

나는 치열하게 고민한 후 대답했다.

"고기 뷔페로 합의 봐."

선이 의기양양한 얼굴로 영화 선배를 돌아봤다.

"봤죠? 어쨌든 사 주긴 하잖아요."

"그래, 점이란 건 어차피 플라세보 같은 거잖아. 그런 일이 일어날 거라고 계속 생각하고 행동하니까, 실제로 그 일이 일어날 확률이 높아지는 거 아니야? 네 마음이 흔들리는 게 난 더 문제 같은데."

지연 선배가 덧붙여 말했다. 하지만 내 지갑을 희생했는데도 영화 선배는 꿋꿋했다.

"나도 다 안다구. 그런 거 안 찾아본 줄 알아? 자성 예언, 플라세보 효과. 누가 모른대? 근데 머리로는 알겠는데 불안하다니까!"

"지금 여기서 점 하나 봐요."

드럼 세트 옆에 앉아 있던 김별이 보다 못해 끼어들었다. 아, 김별의 존재를 공연 전까지 숨기기로 했는데.

"뭐?"

"지금 볼 수 있는 거 있어요?"

"타로는 볼 수 있지만……. 왜? 난 더 이상 이런 거에 집착하고 싶지 않단 말야."

김별이 다시 인상을 찌푸렸다.

"그 타로점이 완벽하게 틀리면 선배님도 더 이상 믿지 않게 될 거 아닙니까. 그러니까 보자는 거지."

"내 타로는 틀린 적 없어."

영화 선배가 고집스럽게 말했지만, 김별도 강경했다.

"그러니까, 그 점을 우리가 틀리게 만들겠다구요."

그러더니 직접 종이 상자를 두 개 가지고 와서 소파 앞에 간이 테이블을 만들었다. 영화 선배가 우리를 쭉 훑어보더니 마지못해 교복 앞주머니에서 보라색 벨벳 주머니를 꺼냈다. 그리고 그 안에서 까만 천을 끄집어내 종이 상자 위를 덮고는 네모난 카드 상자를 천 위에 올렸다.

"그럼 누가, 무슨 주제로 볼 건데?"

영화 선배의 질문에 바로 떠오른 것은 피아노였다. 하지만 곧 고개를 저었다. 난 다시 피아노를 치지 않을 거다. 그건 집착일 뿐이니까.

모두 서로의 눈치만 보고 있는데, 이선이 나섰다.

"저 연애 운 봐 주세요."

김별과 도운 형의 시선이 이선에게 갔다가 동시에 나에게로 향했다. 속으론 약간 당황했지만, 나는 장갑을 고쳐 끼며 아무렇지 않은 척했다.

"마음에 걸리는 사람이 있나 봐?"

"네."

선이 단호하게 말하자 김별의 눈빛이 묘해졌다. 나는 여전히 딴청을 피우는 척했다.

"그러면 걔 생각하면서 카드 세 장 고르면 돼."

영화 선배가 능숙하게 카드를 옆으로 밀어 까는 게 보였다. 김별의 시선이 점점 따가워져 관심 없는 척 테이블에서 눈을 떼야만 했다.

"첫 번째 카드는 현자네. 두 번째는 바보 카드고."

영화 선배가 마지막 남은 카드를 뒤집을 때, 나는 결국 궁금증에 굴복해 테이블 위를 쳐다보고 말았다.

마지막 카드의 그림은 끔찍했다. 영화에서나 나오는 높은 성탑

꼭대기에서 사람 두 명이 떨어지고, 그 뒤쪽에는 번개까지 치고
있었다.

"마지막은 탑이네. 붕괴하는 탑."

김별이 슬그머니 내 얼굴에서 시선을 거뒀다. 나는 아무렇지
않은 척했다.

"상대가 누군지 모르겠지만, 걔랑은 잘 안 되겠다. 보니까 한 사
람은 많이 좋아하는 것 같은데 다른 사람은 두 사람의 관계에 대
해서 고민하고 있나 봐."

"그래요?"

이선의 덤덤한 "그래요?"가 내 마음을 쿡 찌르는 것 같았다.

"두 사람의 마음이 차이가 나니까 잘 안 되는 거 같은데? 마지
막 카드 보이지? 앞으로 연애할 생각하지 말고 입시나 준비해."

"만약 걔랑 잘되면, 선배 점이 틀린 거네요?"

"잘될 확률이 없다니까. 이 탑 무너지는 거 안 보여? 서로 안 맞
아. 파국이라구."

그때, 선이 내 이름을 불렀다.

"최문."

심장이 뚝 내려앉는 것 같았다. 무슨 말을 하려는지, 선은 비장
한 표정으로 나를 보고 있었다.

"타이밍 됐어."

"무슨 타이밍?"

"빨리 고백해. 나랑 사귀자고."

모두 멍해져 있는 와중에 머릿속에서 드뷔시의 〈달빛〉이 흘러 나왔다.

"그래, 사귀자."

목이 메었다. 이렇게 첫 고백을 한다고? 내가? 그리고 이선이, 이런 식으로 고백을 받아 준다고?

내가 당황하고 있거나 말거나, 선은 의기양양한 목소리로 선언 했다.

"봐요. 선배 점이 틀렸잖아요."

*

내가 선이랑 사귀다니.

불과 몇 시간 전만 해도 나는 마음을 정리했었다. 깨끗하게 싹 비우지는 못했어도 무조건 오늘 접으려고 했단 말이다.

그런 내 의지를 남의 고민을 해결한다는 구실로 똑 잘라 버린 선은, 아무렇지 않은 얼굴로 돼지갈비의 매운 양념에 밥을 비벼 먹고 있다.

"이모, 여기 한 접시 더요."

고기 뷔페 직원 아주머니께서 먹성도 좋지, 하며 선을 향해 엄 지를 치켜올렸다.

선의 몸속에는 역시 어딘가로 향하는 블랙홀이 있는 걸까? 나는 이선의 입속으로 끊임없이 들어가는 돼지들의 명복을 빌면서 할까 말까 고민하던 말을 결국 했다.

"그래도 그렇지……, 고백을 그 타이밍에 하라고 하면 뭔가 내 마음이 이용당한 것 같잖아."

최대한 서운한 감정을 드러내지 않으려고 애를 썼지만, 빠르게 바닥나는 양념갈비를 보자 더 서운해지는 건 어쩔 수 없었다.

"최문, 뭐가 문제야? 너도 나 좋아하고, 나도 너 좋아하는데. 야, 너 나 싫어?"

저런 말을 당당하게 할 수 있는 것도, 첫 데이트에 돼지갈비를 거의 흡입에 가깝게 먹을 수 있는 것도 외모에서 오는 자신감 때문일까? 아니면 원래 성격이 저런가?

"선아, 드럼이 그렇게 치고 싶어?"

"또 그 소리야?"

"너 순전히 드럼 때문에 여기까지 온 거잖아. 공연도 같이해 준다 하고, 영화 선배 고민도 해결해 주고."

오도독뼈를 씹던 선의 입이 딱 멈췄다.

"뭔데. 뭘 말하고 싶은 건데."

"아니……."

혹시 내가 돼지갈비 셔틀 같은 게 된 것이 아닐까 하는, 아주 약간의 의심을 하지 않은 건 아니다.

"너…… 진짜 나 좋아하는 거 맞아?"

"아까 뭐 들었냐. 좋아한다니깐."

선이 양파 무침을 씹으며 대답했다. 아삭아삭 소리가 단어들 사이에 끼어 있는 건 덤이었다. 그 심드렁한 말투를 듣고 깨달았다. 드럼 세트, 양념갈비, 나. 셋 중 이선에게 제일 중요한 걸 고르라면 어쨌든 나는 아닐 거다.

괜찮다. 내가 드럼보다, 돼지갈비보다 이선을 좋아하니까.

"근데 드럼은 어떻게 치게 된 거야?"

"태권도 하다가 발목 인대 다쳤거든. 회복기 동안 너무 심심해서 배워 본 건데 스트레스도 풀리고 재밌더라."

"태권도?"

"응. 한 육 년 했는데. 말하지 않았나? 드럼 치면서부터는 그만 뒀어."

이선의 자신감의 원천이 어디서 왔는지 알 것 같았다. 가녀린 두 팔목으로 피아노만 쳐 온 나는 범접할 수도 없는, 정통 무도인이었던 것이다.

"한때는 드러머라는 꿈도 있었는데. 문아, 난 잘 모르지만…… 너도 피아노 취미로만 한 건 아닌 거 같던데. 맞아?"

갑자기 선이 아픈 곳을 찔러 왔다. 선은 내 사정을 모른다. 나는 아무렇지 않은 척 대답했다.

"예전엔 그쪽으로 진학하려고 했지."

"피아노는 언제부터 쳤는데?"

"다섯 살 때부터…… 지난 늦여름까지."

"십 년이나 했어?"

고기를 꿀꺽 삼킨 이선이 눈을 동그랗게 떴다.

"뭐, 사정이 있었지."

"근데 왜 그만뒀어?"

나는 더 이야기하고 싶지 않아 대충 둘러댔다.

"그냥, 재능이 없으니까 그만둔 건데."

"재능이 없다고? 거짓말. 재능도 없는데 십 년 동안 했다고? 혹시 너도 청각……, 아니, 손에 문제가 있어서 그만둔 거야?"

선이 검은 장갑을 낀 내 왼손을 바라보며 말했다.

"아, 병원 몇 군데 갔는데 사진상으로는 이상 없다고 했어. 기능도 다 정상이랬고."

"하지만 김별이랑 악수했을 때 너 기절했잖아."

이선은 여전히 궁금하다는 표정으로 나를 보고 있었다.

"가끔이야. 그런 건 아주 가끔. 혹시나 해서 예방 차원으로 장갑을 끼고 다니는 거야. 피아노 칠 땐…… 그런 적 한 번도 없었어."

이선이 숟가락을 내려놓고 턱을 괸 채 고개를 갸웃거렸다.

"흐음……, 확실히 손에 문제가 없으면, 다시 도전해 보면 안 되는 거야?"

나는 예술원 입시 때의 기억을 떠올리기가 싫었다.

"말했잖아. 재능이 없다고."

"누가 그랬는데."

"누가 말해 준 건 아니지만, 내가 음악에 재능이 있었다면 이 고등학교에는 안 왔을 거야."

무대, 그 위에 덩그러니 놓인 피아노, 자리에 앉아 있는 깐깐한 교수님들, 가슴에 붙인 수험표. 그런 것들을 다시 기억해 내기 싫어서 고개를 숙인 채 마카로니 샐러드를 뒤적거렸다. 이선도 음식을 먹는지 뭘 하는지 한참 말이 없었다.

이 화제는 마무리된 건가 싶어 고개를 들었는데, 선이 팔짱을 낀 채 날 골똘히 보고 있었다.

"아무도 그렇게 말하지 않았는데 너 혼자 결론을 내렸단 말이야?"

"……."

"최문, 그럼 지금은 뭘 하고 싶은데?"

내가 피아노를 관둔다고 했을 때 엄마의 표정이 딱 저랬다. 나는 약간 당황해서 웅얼거렸다.

"그냥……, 뭐, 일단은 실용 음악 쪽을 생각하고 있긴 한데, 그것도 안 된다면 작곡 유학이나 가 볼까……."

"야."

갑자기 선의 목소리가 낮아졌다. 분식집, 전설의 대식이에서 막무가내 중학생들을 후퇴하게 한 바로 그 목소리였다.

"너 지금 부잣집 도련님 티 내?"

"뭐? 부잣집 도련님?"

"재능이 없다고 그렇게 오랫동안 한 걸 포기하는 거야? 피아노 칠 때 손 아픈 거 아니라며. 증상이 악화될까 봐 그만둔 것도 아니고. 재능 타령은 그냥 핑계 아니야?"

마지막 말에 정말 화가 났다. 하지만 선은 내 고통에 대해선 아무것도 모른다. 나는 올라오는 감정을 눌러 참으려 노력했다.

"선아, 나 이해가 안 돼. 왜 갑자기 화가 난 거야?"

"네가 방금 그랬지. 지금 이 학교 다니면 음악에 재능이 없는 거라고."

"이선, 잠깐만."

그건 그냥 말실수다. 나는 화가 난 이선을 멈추려고 했지만, 선은 내 말은 듣지도 않고 다다다 쏘아붙였다.

"그래, 나야말로 재능 없는 사람의 표본이야. 내 귀를 고치려고 각 지역 병원 몇십 군데를 돌아다녔어. 너, '톤 데프니스(tone deafness)'의 진짜 의미가 뭔지 알아? 불협화음을 인식하지도 못하고, 남들 다 듣는 가요들, 내겐 하나도 신나지 않아. 유치원 다닐 때의 유일한 기억은 생일 축하 노래 하나도 제대로 못 불러서 웃음거리가 된 거고, 지금처럼 합주하려면 남들의 배는 외워야 해.

근데 넌, 뭐? 멀쩡하게 칠 수 있는 피아노엔 재능이 없으니까 실용 음악이나 해 볼까 한다고? 실용 음악 지망하는 애들이 그 말

들으면 기분이 어떨 거 같아? 그리고 그것도 안 되면 작곡 유학이나 가겠다고?"

어느새 고기가 다 식어 있었다. 밥도 딱딱하게 굳었다.

"선아, 넌 실음 지망도 아니잖아. 네가 왜 그러는데."

그 순간, 화를 내던 이선의 표정이 싹 사라졌다. 선이 자리에서 일어났다.

"맞아. 난 실음 지망이 아니지. 청음이 안 되니 아예 못 들어갈 테니까."

"……."

"나 갈래. 고기는 네가 산댔으니까, 그냥 간다."

할 말이 없어진 나를 뒤로한 채 이선의 뒷모습이 빠르게 멀어졌다.

"그래, 사귀자."

목멘 목소리로 그렇게 말한 게 고작 몇 시간 전이었다.

"잘될 확률이 없다니까. 이 탑 무너지는 거 안 보여? 서로 안 맞아. 파국이라구."

영화 선배의 목소리가 희미하게 떠올랐다. 벼락을 맞아 붕괴하는 탑 카드 그림과 함께.

94

"뭐냐? 웬일로 네 보디가드 안 달고 다님?"

뮤직 테라피부 '터치'의 정식 부원이 되었으니까, 이제 기악부 부실에서 쉽게 잘 수 있겠다고 생각했다. 하지만 그곳엔 김별이 먼저 와서 소파를 차지하고 있었다. 점심시간, 낮잠은 다 잤다 싶어 뚱하게 대답했다.

"형은 왜 여기 있어요."

"노래 연습 좀 했지. 도운이가 나더러 고음 잘 못 올린다고 뭐라 하잖아."

"도운 형이랑 많이 친해요?"

"유치원생 때부터 친구야. 내가 친구라고 부를 수 있는 건 사실상 개밖에 없어. 근데 이젠 너도 있으니, 뭐."

"누가 친구 해 준대요?"

김별이 느물하게 웃으며 말했다.

"이렇게 만났으니까 건반이나 한번 쳐 봐. 친구잖아. 오늘은 수요일이 아니지만, 가끔 예외나 보너스도 있어야 하는 거 아님?"

어. 없어. 돌아가.

냉정하게 대답하려다 김별이 늘어놓은 보면대 위 악보를 보았다. 수요일이 되려면 아직 며칠이나 남았는데 연습도 하고. 나름 책임감이 있는 모양이다.

"형은 제 연주에 왜 이렇게 집착하는 건데요."

"말했잖아. 마음의 안정."

김별이 손을 가슴에 올리더니 눈을 지그시 감고 내 쪽으로 다가왔다. 나는 질겁을 하며 신시사이저 쪽으로 뛰어갔다.

"더 다가오지 마세요. 쳐 줄 테니까."

장갑을 벗으며 한 번 더 경고했다.

"한 발자국이라도 움직이면 바로 중단할 거예요."

"야……, 내가 무슨 테러범임?"

김별은 약간 불퉁한 표정을 지었지만 얌전히 소파에 앉았다. 나는 건반 위에 손을 얹었다. 떠오른 것은 또 드뷔시의 곡이었다. 너랑은 도무지 어울리지 않는다며, 이모는 내가 드뷔시를 연주하는 걸 질색했었다.

손이 익숙한 음들을 만들어 냈다. 세게 칠 수 없는 건반 사정 때문에, 그리고 무엇보다도 길이가 길지 않아서 선택한 곡이었다. 애절하고 쓸쓸한 멜로디를 손이 먼저 연주하고, 마음이 따라가다가 문득 깨달았다.

내가 머릿속에서 떠올린 건 드뷔시라는 작곡가의 이름이 아니었다. 짧은 연주곡이랍시고 무의식이 추천한 것은, 〈아마빛 머리카락의 소녀〉였다.

나는 드뷔시가 아니라 이선을 생각하고 있었다.

연주를 멈췄다. 내가 급하게 장갑을 다시 끼려 하자 김별이 놀라 외쳤다.

"왜 그만둬? 나 한 발자국도 안 움직였는데!"

"별이 형, 저 물어볼 게 있는데요."

"갑자기?"

"선이가 헤어지자고 하면 어쩌죠?"

어제 고기 뷔페에서 있었던 일을 모두 들은 김별은 소파에 등을 푹 기대더니 쯧쯧, 혀를 차고는 고개를 흔들었다.

"영화 선배 타로점 안 맞게 하려고 고백하란 것부터 좀 이상하긴 했는데, 혹시 이선이 나한테 고기 뷔페 얻어먹으려고 사귀자고 하고, 먹고 나니까 헤어지자고 한 게 아닐까 싶기도 하고……."

"그게 할 소리냐? 이 못난 놈아."

별이 한심하다는 표정을 지어 보였다. 나는 울컥해서 말했다.

"농담이에요. 근데 이해가 안 가잖아요. 도대체 내 말 어디에 기분이 상한 거지?"

"진짜로 몰라서 물어? 나도 눈치 없지만, 너도 참 없네."

"아니, 그때 분식집에서는 음계 구분 못 하는 거가 자기 특징이라고 말해 놓고, 어제 나한테는 왜 그렇게 화낸 건데요?"

"속마음이 어쨌든 간에, 말이야 그렇게 할 수 있지. 가장 가까운 사이라도 열등감은 가질 수 있는 거잖아."

"이선이, 열등감이요?"

사촌 형과 이모를 떠올리며 되물었다. 선과 열등감이란 단어는 어울리지 않는다. 자유로움, 당당함, 막무가내, 대식가. 뭐 이런 단어면 몰라도. 누구에게나 호감을 사는 외모나 발랄한 성격과도 전혀 어울리지 않는 말이다.

"너, 걔는 그럴 리가 없다고 생각하고 있지? 사람 마음은 모르는 거다. 아무리 멀쩡한 척하고 있어도, 누구나 곪아 가는 구석이 있는 법이라고."

나는 김별을 응시했다. 멀쩡한 척을 하고 있어도 누구나 곪아 가는 구석이 있는 법이라니, 분명 본인 얘기를 하고 있는 거다. 김별에게서 넘어온 고통을, 내 왼손이 아직 기억하고 있다.

"이선도 자기 결점을 받아들이려고 노력하고 있을 수는 있지만, 완벽하게 나을 수 있는 마음의 상처란 없어. 내가 보기엔, 연주까지 멈추고 안달할 정도라면 최문 네가 먼저 사과해야 할 것 같은데."

"내가 안달을 했다고요? 말도 안 돼. 나 이제 무료 공연 안 합니다."

김별이 너무하다며 소파를 팡팡 쳤다. 먼지가 매캐하게 일어났다. 그러거나 말거나 나는 생각을 바꿀 마음이 없었다. 먼저 부잣집 도련님 어쩌고 하면서 비꼰 건 이선이다.

오후 수업을 듣는 내내, 나는 속으로 구시렁거렸다. 이선은 문자 한 개도 안 보냈다. 학교가 끝나고 집에 가는데 문득 서러워졌다. 생애 처음 사귀어 보는 여자 친구랑 같이 하교 한번 못 해 보고 헤어지게 생겼다. 하지만 절대 먼저 사과하지 않을 생각이었다.

그렇게 나흘이 지났다. 나는 휴대폰이 망가진 건 아닌지 가끔 체크해 봤지만, 멀쩡했다. 이선에게서만, 오직 이선에게서만 메시지며 전화며 아무것도 오지 않았다.

가장 짜증 났던 건 월요일에 복도에서 선을 만났을 때였다. 이선은 반사적으로 인사하려고 손을 든 나를 보더니 무시하고 홱 지나쳐 가 버렸다.

'그렇게 나오시겠다 이거지?'

수요일, 별관 복도를 같이 걸으며 도운 형은 아무것도 모르는 행복한 얼굴로 휘파람을 불어 댔다. 우리 둘은 우리의 방과 후 활동을 위해 합주실로 향하는 중이었다. 나는 나대로 복잡한 생각 속에 빠져 있었다.

영화 선배의 타로점이 정말 맞는 걸지도 모른다. 믿고 싶지는 않지만, 고심하는 현자는 이선이고, 걱정 없이 웃고 있던 바보는 나고, 무너지는 탑은…… 우리 관계의 결과물일지도 모른다. 좋아하는 마음의 차이가 너무 커서 이뤄지지 않는다는 선배의 해석이 떠오르자 착잡해졌다.

사귄 지 일주일째, 싸운 것도 일주일째.

'서로에 대해 너무 아무것도 모르고 시작했나.'

후회가 됐다. 나는 이선에 대해서, 이선은 나에 대해서 아는 게 거의 백지인 상태다. 그러니 알아 가려던 첫날부터 바로 싸울 수밖에 없었는지도 모른다.

'그런데 내가 뭘 어떻게 해야 했는데. 이선이 가진 상처가 뭔지 어떻게 알아? 게다가 이선도 내 상처를 모르니까 다시 도전해 보라는 둥 쉽게 말할 수 있었던 거 아냐?'

나는 다시금 수백 번도 넘게 한 생각의 처음으로 되돌아갔다. 걔는 나의 고통이 뭔지 모른다. 나도 걔의 고통에 대해 정확하게 알 수 없다.

'만약 이선의 손을 잡는다면…….'

장갑에 얌전히 덮여 있는 왼손을 바라보았다. 한 번, 손만 잡으면 된다. 그 애는 내게 난 화를 풀 거고, 난 그 애가 어떤 고민을 하고 있는지, 어떤 말을 싫어하는지 힌트를 얻을 수 있을지도 모른다. 약간의 고통만 감수한다면…….

"약간의 고통이 아니라면 어떻게 할래?"

머릿속의 목소리가 물었다. 막막해졌다. 선이 만약 김별같이 끔찍한 고통을 내게 옮긴다면, 우리 관계는 당장에야 나아지겠지만……. 내가 전처럼 이선을 좋아할 수 있을지는 역시 확신할 수 없었다.

"연주까지 멈추고 안달할 정도라면 최문 네가 먼저 사과해."

"이선 좋아하는 애만 한 트럭인데 그중에 널 고른다고?"

김별의 말과 도운 형의 말이 동시에 떠올랐다. 멍청하게 웃으면서 태양을 향해 걸어가는 바보 카드는 역시 나다. 나는 선을 좋아한다. 싸우고 처음 친 곡이 드뷔시의 〈아마빛 머리카락의 소녀〉라는 건, 빼도 박도 못하는 증거다. 많이 친 곡도 아닌데.

'이 손 때문에 선을 더는 좋아하지 못하게 된다면…….'

"장갑, 안 들어가?"

어느새 합주실 문을 연 도운 형이 내 어깨를 슬쩍 밀었다. 순식간에 현실로 돌아왔다. 지금 왼손의 고통에 대해 생각할 때가 아니다. 합주실 안에 있던 이선이 도운 형을 향해 손을 흔들다가, 나를 보더니 드럼 세트 뒤로 얼굴을 숨겼다. 일단은 싸운 일부터 매듭짓는 게 먼저다.

"어, 왔니, 문아?"

베이스를 튜닝하고 있던 지연 선배가 손을 들어 인사했다. 그 옆에 앉아 있던 김별이 나와 이선을 번갈아 보더니 내 쪽을 향해 혀를 찼다.

역시 먼저 사과해야 하나? 하지만 진심도 아닌 사과가 의미가 있나? 그렇게 생각하고 있을 때였다.

덜컹!

문이 박살 날 듯이 세게 열렸다. 그렇지 않아도 컨테이너인데. 우리는 깜짝 놀라서 문 쪽을 쳐다봤다. 문을 연 건 양 갈래 머리를 한 영화 선배였다. 입구 가까이에 있던 나와 도운 형은 동시에 가습을 쓸어내렸다.

"전영화, 왜 또 왔어? 전에 고민 해결해 줬잖아."

이쪽을 보다가 다시 베이스로 시선을 옮긴 지연 선배가 심드렁하게 말했다가, 정적을 느꼈는지 고개를 들었다.

"헉, 너 왜 그래?"

그러고는 사색이 돼서 뛰어왔다. 영화 선배가 펑펑 울고 있었기 때문이다.

"다 너희 때문이야. 너희가 내 타로점 안 맞다고 해서 이번 주에 잠시 놨더니 이런 일이 벌어졌다고!"

"아니, 무슨 일인데 그래."

"중고 거래 사기당했어! 이번 주 행운의 아이템인 향수를 사려다가……."

김별과 도운 형의 얼굴이 굳었다. 그러거나 말거나 영화 선배는 울먹이며 계속 외쳤다.

"타로한테 물어봤으면 절대 거래하지 말라고 했을걸! 너희 내 십오만 원 어떻게 할 거야?"

우리는 잠시 할 말을 잃었다. 머릿속에 '진상 고객'이라는 네 글자가 떠다녔다. 지연 선배가 정색을 하고 말했다.

"점 그만 보고 싶다고 고민 상담까지 해 놓고는 주간 운세 따위는 왜 또 본 건데?"

"다음 달 모의고사 때문에 불안했단 말이야! 내신 성적은 하나도 안 오르고! 엄마는 그냥 정시 준비나 하라 그러고!"

"······그래서 우리더러 어쩌라고?"

지연 선배가 한숨을 내쉬며 이마를 짚었다. 합주실 분위기가 급속도로 싸늘해졌다. 드럼용 의자에 앉아 있던 이선이 불쑥 일어났다.

"그만하세요, 선배. 필요하지도 않은 향수, 또 그 점 때문에 사려고 한 거잖아요. 왜 그게 우리 탓이에요? 더 이상 우리가 뭘 어떻게 해요."

냉랭한 선의 눈빛에 나와 김별은 시선을 교환했다. 영화 선배가 화난 얼굴로 씩씩대더니 선 쪽으로 뛰듯이 걸어갔다.

"야! 너 말 다 했어? 어디 3학년 선배에게······."

이런 상황을 일촉즉발이라고 하나. 선이든 영화 선배든 누구하나 누그러질 거 같지 않아서 일어섰다. 중재가 필요했다. 나는 이선 앞을 가로막고 서서, 영화 선배가 콧방귀를 뀌는 걸 무시하고 말했다.

"결국 '점을 너무 많이 본다'가 아니라, 불안이 문제잖아요."

내 코앞까지 온 영화 선배가 약간 당황해했다. 나는 장갑을 벗고 왼손을 내밀었다.

이런 종류의 불안이 어떤 고통을 주는지 알고 있다. 또 기절하지 않기를 바라며 말했다.

"손 줘 봐요."

"왜? 손금이라도 보게?"

어리둥절하던 영화 선배가 손을 내밀었다. 타인의 손을 잡는 것은 내겐 무수한 용기가 필요한 일이다. 하지만 이 정도는 괜찮을 것 같았다.

나도 겪어 본 불안이니까.

영화 선배와 닿은 손이 고통을 호소했다. 딱, 딱. 무언가가 내 손을 치는 느낌이 났다.

'잘못 치면 안 돼. 그러면 콩쿠르에서 떨어질 거야.'

어린 내 손가락 위를 얇은 자로 때리던 이모가 떠올랐다. 나는 고통에 눈살을 찌푸렸다. 하지만 이 정도는 참을 만했다. 누구나 가지고 있는 미래에 대한 불안이었다. 붙잡은 손을 놓자마자 타격처럼 저릿저릿한 아픔은 금세 끝났다.

멍한 표정으로 영화 선배가 나를 올려다봤다.

"지금도 불안해요?"

"어? ……아니."

"불안할 때마다 주변 사람들한테 손잡아 달라고 해요. 점 같은 거 보지 말고요."

나를 쳐다보던 전영화 선배의 고개가 떨어졌다. 자신이 행패 부린 것이 뒤늦게 떠올랐는지 귀 끝이 새빨갰다.

"아, 분위기 뭔데?"

이선이 나를 잡아당겨서 영화 선배와 거리를 벌려 놓고는 잠시 내게 눈을 흘겼다. 조금 떨어진 곳에서 김별이 나를 뚫어져라 쳐다보고 있었다.

"……너희 잘 사귀나 보다. 맞아, 내가 흥분했어. 미안해. 주간 운세 따위 믿는 게 아니었는데. 너희한테 타로점 안 맞는 거 확인하고도 다시 점 보는 걸 반복하다니."

영화 선배가 반성한 듯한 표정으로 나와 이선을 쳐다보았다. 지연 선배가 그런 영화 선배를 다독였다.

"됐어. 그럴 수도 있지. 십오만 원……. 아깝긴 한데, 이제 점 보는 거 진짜 끊고 입시에 집중해. 하늘이 주신 기회라고 생각해라, 영화야."

"그래, 아까까지만 해도 되게 불안하고 그랬는데 지금은 아니야……. 네 말이 맞아. 1학년이지? 너, 이름이 뭐야?"

영화 선배가 나를 바라보았다. 눈물을 펑펑 쏟던 선배는 아까와 다르게 옅은 미소를 짓고 있었다.

"최문이요."

"최문……. 고마워, 최문. 난 시험 준비 하러 가 봐야겠어. 고3병도 작작해야지 이게 무슨 짓이래. 아무튼 미안했어, 얘들아."

영화 선배가 합주실을 나가자 도운 형이 휘파람을 휙 불었다.

"장갑, 너 한 방 있네? 그런 식으로 사람 다룰 줄도 알고."

나는 황급히 고개를 내저었다. 김별은 여전히 나를, 그리고 내 왼손을 응시하고 있었다. 순간 김별이 내 비밀을 알아챈 것 같아

황급히 장갑을 꼈다. 곧 지연 선배가 앰프의 스위치를 올렸고, 연습이 시작됐다.

우리는 조금 어수선하지만 그럭저럭 괜찮은 분위기에서 합주를 끝냈다. 웬일로, 오늘은 김별이 따로 연주를 요청하지 않았다.

"집에 같이 갈래?"

이선이 말했다. 나는 치솟으려는 입꼬리를 꾹 굳히면서 고개를 끄덕였다. 역시 타로점 따위가 나와 이선 사이를 가로막을 수는 없다.

"잘 가!"

"다음 주에 봐."

지연 선배, 도운 형과 김별과 헤어지고 우리는 조금씩 어둠이 내리는 거리를 걸어갔다. 이선은 조용히 걷고 있었고, 나는 뭐라고 사과를 해야 하나 생각을 가다듬는 중이었다. 그러다가 문득, 내 옆에서 걷는 선의 오른손이 보였다. 길고 하얀 손은 걸을 때마다 우리 사이를 스치듯이 흔들리고 있었다.

역시 선의 손을 잡고 싶다. 선에 대해 더 알고 싶다. 나는 천천히 장갑을 벗으며 생각했다.

'그런데 너무 아프면 어떻게 하지.'

아니, 그 전에.

'선이 손을 이렇게 빨리 잡아도 되는 걸까?'

지금 잡으면 분명히 이 애가 느끼는 고통이 어떤 종류인지는 알 수 있겠지만, 편견이 생겨 버릴지도 모른다.

갑자기 김별이 떠올랐다. 최초로 기절할 정도의 고통을 내게 준 사람. 김별의 잘난 얼굴도 그 강렬한 기억을 뛰어넘을 수는 없다.

'그래, 천천히 알아봐도 돼.'

그렇게 생각하며 왼손을 다시 주머니에 집어넣었다. 그때 선이 불쑥 말했다.

"부잣집 도련님이라고 비꼰 거 미안해."

"아냐, 나도 미안해, 너무 생각 없이 말해서. 너한테 상처가 될 줄 몰랐어."

우리는 버스 정류장에서 나란히 멈춰 섰다.

"……인정하기 싫지만, 문아, 난 네가 부러웠던 거 같아. 아까도…… 솔직히 화났었고."

"언제?"

"아까 영화 선배한테."

또 입꼬리가 치솟으려고 했다. 내가 전영화 선배의 손을 잡아서 이선이 질투하는 걸지도 모른다.

"나도 알거든, 영화 선배 기분. 나는 제자리에서 맴돌고 있는데 갑자기 쭉쭉 앞서 나가는 애들도 많고, 진로를 이미 정한 애들도 있고. 그게 또 눈에 보이잖아."

나는 선이 질투를 한 게 아니어서 약간 실망했지만, 티 내지 않으려고 노력했다.

"난 다른 사람들과 비교해서 특출나지 않고, 나도 그걸 알아. 드럼도 좋아하니까 치고는 있는데 가끔 헛된 희망 고문 같은 느낌이 들어. 그래서인가, 영화 선배 마음을 잘 알겠더라고."

"근데……, 그때 너 화난 거 같았는데."

선은 고개를 내저었다.

"처음엔 한심했지. 말도 안 되는 별자리니 타로점이니 하는 걸로 도피하려는 선배가. 근데 네가 다른 사람 손을 잡아 보라고 하는 순간, 고기 뷔페에서 너한테 화낸 게 떠오르는 거야."

"……."

"드럼은 내가 많이 좋아하는 거니까 이것만큼은 재능이고 뭐고 남이랑 비교하지 않기로 했는데, 결국 또 비교하고 있었던 거야. 그리고 그게 건드려지니까 너한테 화낸 거고."

아직 가로등이 켜지지 않아서 빛도 없는데, 이선의 눈이 반짝반짝 빛났다.

"그러니까, 미안."

선은 솔직하고 강한 애였다.

"버스 온다."

선의 손가락이 녹색 51번 버스를 가리켰다. 나는 그 애의 뒷모습에 손을 흔들어 주었다. 버스가 가고도 한참 동안, 내 옆에 딸기 향이 남아 있었다.

새로이 마음을 다졌다. 아까의 의지가 무색해졌다. 선의 손을 맞잡아 기절하는 한이 있더라도, 선만 좋다면 난 반드시 저 애와 결혼할 거다.

No. 5

정다운 진로부 선생님

몇 주가 지났다. 내 휴대폰에 특이한 제목의 플레이리스트가 늘어난 것은 오로지 수요일 합주 때문이다. 인기곡 차트 플레이리스트는 듣지 않은 지 오래됐다.

지연 선배가 들어 보라고 추천한 밴드 음악들은 악기 소리로 가득 차 있었다. 물론 클래식 악기들과는 달랐다. 덕분에 전자 베이스와 드럼과 일렉 기타 그리고 여러 가지 이펙터가 내는 소리와 공간감이 어떤 것인지를 조금 알 수 있게 되었다.

합주를 할 때마다, 나는 그 기계음들 속에서 날것의 자유분방함을 느꼈다. 약간의 실수, 겹치는 불협화음과 느슨했다가 갑자기 우다다다 빨라지는 박자 같은 것들이 나를 웃게 했다. 여름이 다 가올수록 나는 엄숙함이나 긴장감 없는 음악이 어떤 것인지 알게 되었다.

그리고 아마추어의 음악이 때때로 프로의 음악보다도 사람을 울릴 수 있다는 것을 이상한 방식으로 경험하고 있다. 그건, 이선의 드럼 연주를 처음 들은 때부터다.

"최문, 오늘 곡은 좀 느낌이 다른 거 같은데. 내 착각이야?"

"뭐가."

턱을 괴고 접이식 의자에 앉아 있던 김별이 고개를 갸웃하며 대답했다.

"그거 중간고사 전에 친 거랑 똑같은 거잖아. 〈비창〉. 근데 그때랑 달라."

"어디가."

"글쎄? 어디냐고 묻는다면 모르겠음. 근데 진짜 달라. 나 전에 녹음한 거 진짜 칠십 번 넘게 들었단 말임."

"……아."

고맙다고 해야 하나. 진학에도 실패한 아마추어의 연주를 칠십 번이나 들어 주다니.

"아, 나 모르는 소리 그만~ 소외 그만~."

선이 김별과 내 대화를 중단시키며 드럼 스틱을 가죽 가방에 집어넣었다. 그렇게 이번 주의 수요일 모임도 끝이 났다.

"오늘은 뭐 먹어요, 우리?"

이선이 씩 웃으며 말했다.

"너 때문에 지갑에 돈이 있는 날이 없어."

"아, 왜 이래요, 나랑 최문 데이트에 끼는 건 오빠면서!"

"아니지. 최문 무료 연주회에 네가 낀 거지. 그러니까 오늘은 네가 밥 사."

"제가 왜요!"

선과 김별이 아웅다웅하는 소리를 뒤로하고 먼저 합주실을 나왔다. 그런데 집에 간 줄 알았던 도운 형이 벽에 기대어 서 있어서 조금 놀랐다.

"언제부터 여기 있었어요? 간 거 아니었어요, 형?"

"김별 기다렸지. 저 자식한테 할 말 있어서."

"안에 들어와도 되는데요."

"너희 셋 노는데 나 끼면 안 되는 거 아냐? 은근 그런 분위기잖아, 요새."

도운 형은 웃으면서 말했지만, 나는 손사래를 쳤다.

"아뇨, 김별, 아니, 별이 형이 제 연주 들어야겠다고 계속 고집을 부려서, 남아서 키보드 몇 분 쳐 주는 게 다예요."

"장갑, 왜 정색하고 그래? 농담이었어."

갑자기 분위기가 어색해졌다. 속으로 합주실에서 나오지 않는 두 사람 탓을 하며 말을 돌렸다.

"형 여자 친구는 잘 있어요?"

"뭐, 잘 있지, 걔야. 근데 너 얼마 전에 별이랑 말 놨지? 튜닝할 때 들었는데 반말하던데."

"아, 그건······."

김별에게 무료 연주를 제공하는 횟수가 늘어나면서 점점 편하게 말하고 있긴 했다. 도운 형은 김별의 친구니, 형 입장에서는 거슬렸을 수도 있겠다.

"앞으로 신경 쓸게요, 형. 제가 별이 형한테 너무 편하게 대했나 봐요."

"내 얘긴 그게 아냐."

도운 형이 미간을 찌푸렸다.

"요새 이선이랑 너랑 김별, 매번 같이 노는 거 같던데. 너무 셋이서만 만나진 마."

"······예?"

그 순간 두 사람이 합주실 밖으로 나왔다.

"문아! 오늘 별이 오빠가 간식 쏜대."

"네가 가위바위보 늦게 냈잖아!"

"우길 걸 우겨요. 딱 칼박이었는데."

"분명히 느렸어. 어, 박도운, 아직 안 갔어?"

김별이 곧바로 내 옆에 서 있던 도운 형의 어깨를 끌어안듯이 낚아챘다.

"김별."

"왜, 운아?"

"할 말 있어서 그러니까 시간 좀 내라."

김별이 아쉽다는 표정으로 도운 형의 등을 쳤다.

"아……, 박도운 타이밍 진짜. 오늘 내가 쏘는 날이었는데."

"말도 안 돼. 오빠, 이렇게 내뺄 거예요?"

"매운 돈가스는 다음에."

그렇게 말한 김별은 선을 향해 혀를 내밀었다. 두 사람이 사라지자, 선이 나를 향해 허탈한 미소를 지으며 말했다.

"뭐, 아쉽지만…… 오늘은 오랜만에 둘이서 놀자."

선과 헤어지고 돌아오는 길, 김별이 나와 선 사이에 얼마나 깊숙이 침투해 있는지 곰곰이 생각해 봤다.

헤어지기 전에 나와 이선은 디저트 카페에서 잠시 시시한 이야기로 시간을 때웠다.

이선은 단호하게 말했다.

"별이 오빠는 잘생겼지만, 계속 그런 성격이면 여자 친구는 못만들 거야."

이선이 녹차 빙수를 먹다 사레가 들린 건 내 대답 때문이었다.

"그 형이랑 너랑 좀 비슷한 거 알아? 약간 막무가내 스타일……."

그러고 나서 우리는 또다시 싸울 뻔했다. 내가 농담이었다고 열 번 넘게 말한 뒤에야 상황이 종료됐다.

김별은 어느새 나와 이선의 공통 주제가 되어 있었다.

'어딜 가나 귀찮은 시선을 불러들이는 그 형이 뭐가 좋다고 셋

이 붙어 다니는 거지?'

친해지고 보니, 김별은 불편한 상대는 아니다. 깍듯한 존대를 바라지도 않고, 친구처럼 대해 준다. 가끔 막무가내로 굴 때나 좋고 싫은 게 분명한 점은 확실히 선과 비슷하다.

둘은 사람들의 시선을 모으고 쉽게 호감을 산다. 그래서 성격이 비슷한 건지도 모르겠다. 그래선지 나보다 둘이 더 격 없이 지내는 것처럼 보이기도 한다.

'아냐.'

걸음을 멈췄다. 길거리 상가 어딘가에서 쇼팽의 〈혁명〉이 흘러나왔다.

'선이랑 김별이 비슷하다니, 그럴 리가 없어.'

갑자기 왼손이 저릿한 기분이 들었다. 장갑이 제대로 끼워져 있는지 확인한 뒤, 한숨을 내쉬었다.

벌써 까먹었다. 김별의 오른손이 얼마나 아팠는지.

*

수요일도 아닌데, 또 셋이다. 나, 이선 그리고 김별.

그리고 김이 모락모락 나는, 빨간 소스가 끼얹어진 자전거 앞바퀴만큼 큰 돈가스도 세 접시다. 이 근처에서 가장 큰 돈가스를 판다는 가게 안에는 맛보다 양을 택한 근처 남고생들뿐이었다.

"뭐 해, 안 먹어? 십오 분 안에 먹어야 무료야."

김별이 과장되게 얼굴을 찡그리며 벽시계를 가리켰다.

"엉······."

이선이 팔꿈치로 내 허리를 쿡 찔렀다.

"넌 천천히 먹어. 어차피 저 오빠가 사는 거잖아."

"어허!"

김별이 다시 억지 인상을 썼다. 저건 연기하는 표정이다. 습관
인지 뭔지. 아무튼 진짜 화난 건 아니다.

"아, 잠깐만."

"얘들아, 십오 분이라니까? 이거 적당히 잡담하면서 먹는 그런
음식이 아니라니까?"

휴대폰을 꺼내며 김별에게 말했다.

"도운이 형 부르려고."

"지금? 갑자기?"

김별이 의아해하며 물었다.

"형 친구잖아. 부르면 안 돼?"

"박도운 요새 오디션 본다고 연습실 다녀."

"무슨 오디션?"

"아니, 너 같은 반이면 알 거 아냐. 걔 지금 아이돌 준비 중."

"아······."

"우리 엄마랑 걔네 엄마가 광고 촬영장에서 친해졌잖아. 걔도

어릴 때부터……."

"광고?"

그 말에 선도 들고 있던 포크를 놨다. 김별은 해탈한 표정으로 시계를 봤다.

"괜히 점보 세트를 세 개나 시켰네."

"다 못 먹겠으면 오빠 거 제가 조금만 가져갈게요. 최문, 너도 전부 못 먹을 거 같으면 잘라서 남겨 둬."

"……그럴게."

나는 매워서 다 못 먹을 것 같았고, 김별은 거액의 지출이 예상 돼서 밥맛이 떨어진 듯했다. 김별의 날렵한 콧대가 잠시 찡그려 졌다.

"근데 광고요? 오빠, 도운 선배랑 광고 했어요?"

먹는 속도가 현저히 떨어진 김별은 포크로 양배추 샐러드를 뒤 섞으며 대답했다.

"응. 학습지 광고. 여섯 살 때. 그래 봤자 애들 열 명이나 나오는 광고였어. 아무튼 최문, 박도운은 부르지 마. 걔 요새 진짜 바쁨."

"응."

왠지 조금 찝찝했지만, 일단 테이블에 휴대폰을 내려놓았다. 이 선의 접시는 어느덧 반이 비어 있었다. 선이 입안의 돈가스를 삼 키고는 김별에게 물었다.

"오빠랑 도운 선배랑은 되게 어릴 때부터 친구였겠네요?"

"뭐, 그렇지. 엄마들 관심사도 같고. 학교도 쭉 똑같고."

"근데 왜 학년이 달라요?"

"걔 중학교 때 어학연수 갔었거든. 출석 일수가 모자라서 같이 졸업 못 했어."

"그럼 형도 연예인이 꿈이야?"

내가 별생각 없이 끼어들자 갑자기 김별의 표정이 굳어졌다.

"아니."

또 무슨 말실수라도 한 건가 싶어 선의 얼굴을 쳐다보았지만, 선도 어리둥절한 표정이었다.

"난 유명해지는 일은 절대 안 할 거야."

"어릴 때는 아역 배우였다면서?"

재차 묻자 김별이 건조하게 대답했다.

"연기하는 건 재밌었지만, 나중에 취미로 할래."

잠시 침묵이 흘렀다. 불현듯 왼손에 전달되었던 김별의 불안과 공포의 끔찍한 강도가 떠올랐다. 김별이 콜라 캔을 따는 소리가 유난히 크게 들렸다.

"형은 진로 고민 같은 거 없어? 아니면 그냥 고민이라도?"

김별을 걱정한다고까지 할 수는 없지만, 약간 신경이 쓰였다. 하지만 이런 얄팍한 질문에 김별이 걸려들 리가 없었다. 김별은 콜라 한 모금에 금세 원래의 가볍고 밝은 표정으로 돌아왔다.

"고민? 전혀 없는데."

그러더니 휴대폰을 들어 돈가스를 찍기 시작했다.

"야, 너희도 이거 찍어. 리뷰 올리면 다음에 음료수 값 빼 줌."

괜한 걱정이었나? 순식간에 바뀐 김별의 태도에 어리둥절해져 있는데 이선이 자리에서 일어났다.

"어디 가?"

"아이스크림 가져오려고. 너도 먹을래?"

"벌써?"

나와 김별의 시선이 선의 접시로 향했다. 깨끗이 비어 있었다. 선은 이미 셀프 바 앞에서 아이스크림 스쿠프를 들고 있었다.

이제는 김별이 나를 걱정하는 눈치였다. 그가 조심스럽게 속삭였다.

"너 이선이랑 결혼하고 싶다며. 쟤가 나중에 네 밥 뺏어 먹으면 어떡할래?"

지금 문제는 그게 아니다. 이선만큼 먹으면 키가 더 클까 해서 항상 선과 똑같이 시켰는데, 그러다 보니 이번 달 용돈이 이천 원 밖에 남지 않은 게 진짜 문제다. 이제부터는 이선이 아무리 곱빼기를 시켜도 나는 보통을 주문해야겠다.

"형, 근데 십오 분 지났나? 이선 다 먹었잖아."

내 말에 김별이 바로 일어서서 우렁차게 외쳤다.

"아저씨~!"

돈가스를 먹던 남학생들의 시선이 김별에게 꽂혔다. 아무리 봐도 김별은 유명해지는 걸 싫어할 타입은 아니다. 애초에 먼저 나서서 보컬을 하겠다고 한 사람이다.

나는 잠시 이상하다고 생각했지만, 아이스크림으로 오 층 탑을 만들어 돌아오는 선을 본 순간 머릿속에 있던 모든 생각이 사라져 버렸다.

*

합주실.

풀 냄새가 컨테이너의 작은 창 안으로 들어오고, 풀가동한 선풍기 두 대와 오래된 에어컨이 털털거리는 소리를 내는 계절이 됐다. 이선이랑 처음 만난 계절이다. 여름.

"왔니? 벌써 다다음 주가 공연이네. 근데 박도운은?"

안에 있던 지연 선배가 내 뒤를 살피며 물었다. 같은 반이라서 매번 같이 오곤 했으니까.

"오늘 학교 안 나왔는데요."

건반 의자에 앉으며 대답하자 지연 선배가 인상을 찌푸렸다.

"공연 2주 남았는데 연습을 빠져?"

가사지를 보고 있던 김별이 황급하게 설명했다.

"이해 좀 해 주세요. 걔 요새 정신없어서 그래요."

"별아, 아무리 그래도……."

"그동안 도운이 열심히 했잖아요, 누나."

"어휴……."

김별이 대신 해명하고 있는 동안, 이선이 합주실로 들어와 내게 손을 흔들었다. 그 순간 나는 벌떡 일어섰다.

이선, 또 키 큰 건가?

재빠르게 이선 쪽으로 걸어갔다. 진짜인지 확인할 요량이었다. 내가 선의 옆에 바짝 붙어 서서 키를 재려는 차에 이선이 지연 선배에게 불쑥 물었다.

"언니, 저희 부 비 안 나와요?"

"부 비? 우리 자율 동아리인데?"

"뮤직 테라피부잖아요!"

"명칭은 그런데, 자율 동아리라 안 나와. 정식 동아리로 승격되면 다르겠지만."

대화의 주제가 바뀌자마자 김별이 재빠르게 끼어들었다.

"지연 누나 말이 맞아. 배드민턴부도 자율 동아리라 체육관만 대여해서 쓰는 거임. 라켓이나 공이나 이런 건 다 걔네 돈으로 샀다 그랬어."

"근데 선아, 우리 부 활동비 필요해?"

내가 묻자 이선이 우물쭈물하면서 대답했다.

"아니, 있으면 좋잖아. 공연이 곧인데 끝나고 마지막에 회식이라도 해야지."

나는 김별을 바라보았다. 김별도 나를 바라보았다. 아마 우리 둘은 똑같은 생각을 했을 것이다.

'재도 돈 다 떨어졌네……'

거듭된 자율 뒤풀이(?) 때문에 나와 별이 형의 용돈도 이미 바닥이었다.

"그러면 정식 동아리로 만드는 건 어렵나요?"

이선이 다시 열의에 차서 지연 선배를 졸랐다.

"아무래도 어렵지? 쌤들한테 서류도 이것저것 부탁해야 되는데, 잘 안 하시려고 할걸. 그거 다 일이잖아. 가뜩이나 바쁘신데……."

"그래도 혹시 모르잖아요. 언니! 제가 지금 한번 선생님 섭외해 볼까요?"

이선의 추진력은 우리 모두의 추진력을 합친 것보다 컸다. 합주실에 들어온 지 이 분도 안 돼 선이 다시 나갔다. 그리고 지연 선배가 베이스 조율을 끝마치기도 전에 눈이 부리부리하고 얼굴색이 빨간, 온몸이 근육으로 된 것 같은 아저씨 한 분이 합주실 문을 열고 들어왔다.

소파에서 튜닝을 하고 있던 지연 선배가 튕기듯이 일어섰다.

"선생님?"

그 뒤에서 이선이 조용히 손가락으로 브이 자를 그렸다.

"3반 소지연, 설마 헥사 활동을 계속하고 싶은 거였나?"

켜진 앰프와 잭으로 이어진 베이스, 이선이 매일 반질반질하게 닦아 놓는 드럼, 세팅된 기타 스탠드와 신시사이저를 보며 근육 아저씨가 목소리를 깔았다.

"새로 만들어진 뮤직 테라피 동아리라고 해서 와 봤더니."

지연 선배가 황급히 손사래를 쳤다.

"아녜요, 쌤. 여기는 헥사가 아니에요. 저희는 정말로 뮤직 테라피부……."

"소지연, 밴드 라이브로 뮤직 테라피를 한다는 건 듣도 보도 못했다! 이제 보니 이름만 바꿔 달고 축제 때 공연하려고 애들 모은 건가? 너희 담임은 지금 어디 있지? 아무리 자율 동아리라도 이렇게 허술하게……."

"헉, 쌤, 아니에요, 그런 거! 저흰 헥사랑 완전히 다르다구요!"

지연 선배의 얼굴이 새파래졌다. 어리둥절해하던 이선도 선배의 마지막 말에 당황한 눈으로 나와 김별을 번갈아 쳐다보았다.

얼굴이 붉은 근육 아저씨가 고뇌하는 표정으로 팔짱을 꼈다. 한 시간 같은 일 분이 흘렀다.

"아니라고……? 그러면 악기 연주 말고 또 무슨 활동을 하는지 말해 봐라."

김별이 헉, 하고 숨을 들이마셨다. 지연 선배는 긴장으로 침을 꼴깍 삼켰다. 갑자기 이선이 손을 번쩍 들었다.

"얼마 전 3학년 선배 한 분의 학업 고민을 해소해 드렸는데요!"

"……그 말이 진짜였나?"

선생님이 팔짱을 살짝 풀더니 선 쪽을 돌아봤다.

"저희가 붙인 홍보물을 보고 오셨어요. 저흰 진짜 헥사랑 다르다니까요."

그 틈에 지연 선배가 가방에서 재빠르게 홍보 프린트를 꺼내 선생님에게 건넸다.

근육몬, 아니, 근육 선생님……. 어쨌든 학교보다는 군대가 어울릴 것 같은 아저씨는 그 깨알 같은 글자들을 천천히 읽어 내려갔다. 그사이 김별과 소지연 선배가 보낸 비난의 시선이 이선에게 쏟아졌다.

"김별 너도 이 부가 맞군. 1학년 5반 정성윤이라고 혹시 아는가?"

프린트물의 홍보 문구를 모두 읽은 근육 선생님이 김별을 향해 물었다. 별이 의아한 표정으로 어깨를 으쓱했다.

"그게 누군데요?"

"모르나? 나름 유명한 녀석이라고 생각했는데. 내가 부탁 하나 하지. 그 자식 앞머리를 딱 하루만, 이마가 보이게 넘기도록 설득해라."

"……"

우리는 잠시 입을 다문 채 서로 시선을 주고받았다. 도대체 뭔 소린지 알 수가 없었다.

"……어, 그러니까, 저희더러 정성윤이란 친구의 '헤어스타일'

을 바꿔 달란 말씀이세요?"

내가 되묻자 근육몬, 아니, 선생님이 고개를 끄덕였다.

"딱 하루면 된다. 그 녀석 고집만 꺾어 준다면, 너희가 원하는 회식비, 사비로라도 내 주마."

"……왜요?"

아무도 하지 않은 질문을 이선이 했다. 그러자 갑자기 근육몬의 얼굴이 더 붉어져 그가 입고 있는 자주색 피케 셔츠와 똑같은 색이 되었다.

"그렇지 않으면 정성윤, 그 망할 자식이 삽살개 같은 꼬라지로 우리 학교를 대표하여 장학퀴즈에 출연할 테니까!"

근육몬이 급기야 울화통을 터트렸다.

"어떻게 했는지는 몰라도 3학년 전영화의 입시 불안증을 낫게 만든 애들이 너희라는 전영화 본인의 제보가 있었다. 믿지 못했는데 정말인 듯하니, 너희가 1학년 5반 정성윤과 한번 만나 보기라도 해라. 바로 여기로 보낼 테니까."

그의 부리부리한 눈이 더 커졌다.

"물론 선택은 자유다. 하지만 정성윤을 설득하지 않겠다면 이 동아리 활동은 '헥사'와 다를 바 없으니, 자율 동아리 허가를 취소하겠다."

툭.

지연 선배가 쥐고 있던 튜너가 손에서 떨어져 바닥을 굴렀다.

근육몬, 아니, 선생님이 나가고 나서 합주실은 정적에 휩싸였다. 제일 먼저 정신을 차린 김별이 지연 선배에게 튜너를 주워 주며 물었다.

"저 선생님 누구예요? 선생님은 맞음?"

"맞아. 정다운 진로부 선생님."

"……아."

"넌 왜 하필 저런 무서운 사람을 데리고 왔어?"

김별이 이선을 타박했다. 이선은 풀 죽은 얼굴로 중얼거렸다.

"내가 알았나 뭐……. 진로부가 우리 부실에서 제일 가까웠다구."

소지연 선배가 이마를 짚었다.

"나는 몰라. 이건 다 이선, 네가 벌인 일이니까, 부 활동비를 받고 싶으면 너희가 정성윤인지 뭔지 하는 애를 설득시켜."

"……언니!"

"나 고3이라고. 더 이상 스트레스 주지 마."

지연 선배가 냉정하게 말하자 이선의 얼굴이 울상이 되었다.

"일단 그 애를 한번 만나 보는 건 어떨까요?"

내 말에 선의 표정이 다시 밝아졌다. 나는 그 다채로운 표정 변화를 보면서 김별에게 눈짓했다. 내 연주를 듣고 싶다면 협조하란 뜻이었다.

"아……, 또 귀찮은 일 만드네."

김별이 심드렁한 목소리로 말한 뒤 크게 하품했다.

도운 형이 없어서 그런지 연습은 어딘가 모르게 지지부진했다. 나는 빈 사운드를 좀 더 풍성하게 만들기 위해 몇 군데에서 즉흥 멜로디를 연주했는데, 오히려 지연 선배의 눈총만 받았다. 본인 파트를 헷갈리게 하지 말란 게 이유였지만, 아무래도 선배는 이선이 근육몬 선생님을 불러온 것 때문에 화가 난 것 같았다.

"오늘은 여기까지만 하자."

지연 선배가 어딘가 날카롭게 들리는 목소리로 말하며 베이스에서 잭을 뽑았다. 선배가 베이스 가방을 둘러메자 이선이 놀라 일어섰다.

"언니, 가려구요? 아까 선생님이 정성윤이란 애가 여기로 올 거라고 그랬잖아요……."

"난 갈 거야. 학원도 있고, 모의고사 준비도 해야 해. 그 정성윤인가 하는 애는 너희가 적당히 만나고 돌려보내."

"하지만 언니가 있으면 좀 더……."

"네가 저지른 짓이잖아, 이선. 책임지고 처리해."

여름인데 찬바람이 쌩쌩 부는 듯했다. 나와 김별은 입을 꾹 다물었고, 선은 시무룩하게 고개를 끄덕였다.

그리고 지연 선배가 문을 열었을 때, 우리는 문밖에 있는 사람을 보고 깜짝 놀랐다.

No. 6

나는 자유다!

"정다운 선생님이 보내서 왔는데."

문밖에 있는 녀석은 우리 모두가 잘 알고 있는 사람이었다. 앞머리를 코 밑까지 길러서 목이 돌아간 유령을 본 듯한 착각을 일게 하는 우리 학교의 또 다른 유명 인사.

"아……, 저, 네가 정성윤?"

이선이 당황해서 묻자 더벅머리가 고개를 끄덕였다. 그 때문에 멈춰 섰던 지연 선배는 우리를 보더니 절레절레 고개를 흔들고는 인사도 없이 가 버렸다.

"이쪽으로 앉으세요."

엉거주춤 일어선 내가 자리를 만들었다. 정성윤은 그 머리를 하고도 제대로 앞이 보이는 건지, 바닥에 전선이 복잡하게 깔려 있는데 아무 곳에도 걸리지 않고 소파에 착석했다.

"여기가 뮤직 테라피부 터치라고 하던데, 맞아요?"

"네……."

"그리고 이 사람은 김별 선배님, 맞죠?"

정성윤의 눈은 보이지 않았지만, 김별 쪽을 보고 있는 것은 확실했다.

"……저 아세요?"

김별이 경계하며 되물었다.

"선배님 모르는 1학년이 어디 있어요! 그리고 저한텐 그냥 편하게 반말하세요."

등에 살짝 소름이 돋은 것은 정성윤이 여자였기 때문이다. 게다가 그 애의 목소리는 약간의 떨림과 수줍음을 담고 있었다.

"그래서 김별 선배님, 왜 만나자고 하신 거예요?"

"아……, 사실 우리가 보자고 한 게 아닌데."

김별 대신 선이 대답했다.

"나도 너 보러 온 건 아닌데."

정성윤이 곧바로 대꾸했다. 이선의 표정이 안 좋아져서 얼른 내가 나섰다.

"진로 선생님이 우리한테 너, 그, 앞머리 좀 넘기라고 설득해 달라 하셔서 부른 거야."

"그 아저씨 또 머리 타령이네."

못마땅한 듯 혀를 차는 소리가 들렸다.

"우리 학교 대표로 장학퀴즈에 나간다고 들었는데, 그래서 부탁하신 거 같아."

이선의 기분도 안 좋았고, 김별은 아예 정성윤 쪽을 보지 않으려고 시선을 바닥에 박고 있어서 말할 사람은 나뿐이었다. 하지만 나도 대충 설득해 보고 내보낼 생각이었다.

"뭐……, 좋아."

입술을 비죽이던 이선과 합주실 바닥 무늬를 응시하던 김별이 동시에 정성윤을 봤다.

"내가 원하는 거 한 가지만 들어 주면 돼. 그러면 앞머리는 네가 원하는 대로 손볼게. 대신 그날 딱 하루만이야."

"원하는 게 뭔데?"

내가 묻자, 정성윤이 절실하게 말했다.

"김별 선배님, 저랑 한 시간만 만나 주세요. 할 말이 있거든요."

"뭐?"

김별이 놀란 얼굴로 일어섰다.

"내가 왜? 할 말이 있으면 여기서 해. 왜 내가 너랑 단둘이 얘기를 해야 하는데?"

김별의 날카로운 말투에 정성윤이 약간 움찔했다.

"학교에선 하기 어려운 말이라 그래요. 그러면……, 쟤 믿을 수 있는 애예요? 선배님이 믿을 수 있는 애라면 셋이 봐도 좋아요."

정성윤의 검지가 나를 향해 뻗어 있었다. 별수 없었다. 김별과

저 애 둘만 만나게 하는 것도 찜찜하긴 하니까.

"그래."

"이거 내 번호야. 문자 보내 주면, 약속 날짜를 잡을게."

정성윤이 공책을 찢어 자신의 번호를 적더니 벌떡 일어섰다.

"그럼 김별 선배님, 나중에 봬요."

정성윤이 합주실을 나가는 동안, 우리 셋은 잠시 아무 말도 하지 않았다.

학교 대표로 장학퀴즈에 나간다더니, 정성윤에게는 정말 특이한 재능이 있었다. 그 짧은 시간에 우리 세 명 모두의 기분을 나쁘게 만든 것이다. 일단 이선이 툴툴대기 시작했다.

"뭐야, 쟤? 무슨 말이길래 나를 빼고 한다는 거야? 기분 나빠."

"넌 나보단 나아. 쟤랑 더 이상 엮일 일도 없잖아."

나는 선을 다독이듯 말했다. 김별은 선보다 더 이상한 표정을 짓고 있었다.

"나랑 왜 단둘이 보자는 거야? 혹시 내가 쟤한테 돈 빌린 적 있나?"

"내가 어떻게 알아."

"아무튼 최문, 쟤랑 만날 때 꼭 내 옆에 있어야 한다?"

"정성윤이 때리기라도 할 것처럼 얘기한다. 형보다도 한 뼘이나 작아 보이는 여자애잖아."

김별의 표정이 더 어두워진 것 같은 건 내 착각인가. 김별이 계속 멍청하게 중얼거렸다.

"여자였어? 남자 아님?"

이 형은 눈치가 없어도 너무 없다.

*

일요일 오후, 나와 김별은 정성윤과 만나기로 한 작은 카페에서 그 애를 기다리고 있었다. 2층에 있는 작은 카페였는데, 1층에 있는 패스트푸드점에선 이선이 대기 중이었다. 내가 믿음직하지 않다며 김별이 부탁했는데, 이해가 가지 않았다. 아무리 내가 이선보다 키가 작아도 고작 1, 2센티미터 차이일 텐데. 그리고 요새 나 좀 더 컸는데.

"아, 그만 좀 떨어."

김별은 오른쪽 다리를 달달 떨고 있었다. 그 진동으로 내가 시킨 아이스티가 잔 안에서 출렁거릴 정도였다.

"왜 나랑 보자는 거지? 왜?"

김별이 오늘만 여덟 번째 중얼거린 말을 또 되풀이했다. 나는 대꾸를 포기했다.

카페 유리문이 열렸을 때, 우리의 시선은 자동으로 그쪽을 향했다. 둥근 얼굴형과 핑크빛 뺨, 크고 부리부리한 눈을 가진 여자

아이가 일행을 찾아 두리번거렸고, 그 애와 눈이 마주치자마자 나는 알아차렸다.

'근육몬!'

그 여자아이는 당근 모양의 핀으로 긴 앞머리를 고정시켜서 넘기고 있었는데, 얼굴이 우리 학교 진로 담당 선생님인 근육몬과 판박이였다.

"안녕."

여자아이가 수줍게 말하며 우리 쪽으로 왔다. 나는 정말 놀랐다. 근육몬…… 아니, 정다운 선생님과 닮아서이기도 했지만, 너무 평범해 보여서였다.

"안녕하세요, 김별 선배님."

"안녕."

김별은 정성윤 쪽을 슬쩍 보더니 어색한지 시선을 흰색 탁자 위 화병에 고정했다. 하지만 나는 머리카락으로 코끝까지 가린 모습이 아닌, 보통의 여학생 모습인 정성윤이 훨씬 편했다.

"선배님, 일찍 오셨어요?"

그렇게 말하며 정성윤이 우리 앞에 마주 앉았다. 내가 대신 대답했다.

"아니. 우리도 방금 왔어. 그런데 너, 정성윤 맞지?"

"못 알아보겠니?"

정성윤은 잠시 킬킬거리고 웃었다. 나는 너무 궁금해서 결국 물어보고야 말았다.

"……혹시 정다운 선생님이랑 무슨 관계인지 물어봐도 돼?"

"아빠야."

웃던 정성윤이 한숨을 내쉬었다.

"하필이면 아빠를 닮다니. 정말 짜증이야."

그 말에 나 역시 웃음이 터질 뻔했으나 허벅지를 꼬집으며 참아냈다. 그때, 화병만 보고 있던 김별이 입을 열었다.

"……그건 그렇고, 나한테 무슨 얘길 하고 싶은 건데?"

김별의 목소리는 평소와는 다르게 저음이었다. 나는 여전히 출렁거리는 아이스티를 한 모금 빨아들이며 속으로 혀를 찼다.

"저, 오빠 좋아해요! 중1 때부터!"

컥.

"오빠 중학생 때 연극했잖아요, 그거 내가 처음으로 본 연극이에요. 그리구 오빠가 여섯 살 때 광고한 학습지, 얼굴 나온 거 다 가지고 있어요. 옛날에 어머님이 만드신 SNS 팔로도 했는데. 진짜 팬이에요!"

내가 사레가 들려 쿨럭거리고 있는데도 불구하고 정성윤은 계속 조잘거렸다.

"저, 오빠가 이 학교 왔다고 해서 얼마나 울었는지 알아요? 예고도 아니고 왜 하필 우리 아빠가 선생님으로 있는 학교에 갔냐고요. 하루 종일 울었어요. 그래도 괜찮았어요. SNS에 교복 입은 사진 올라왔는데 진짜 잘 어울리는 거 있죠."

그 말에 나도 조금 소름이 돋았다. 이런 게 말로만 듣던 극성팬
이라는 거구나. 연예인한테만 생기는 줄 알았다.

사레 때문에 콧물을 훌쩍거리던 나는 김별 쪽을 흘끔 바라보았
다. 그는 이제 다리뿐 아니라 손까지 떨고 있었다.

"혹시 이 학교…… 나 때문에…… 온 거야?"

김별이 조심스럽게 물었다.

"아뇨. 이 학교만큼은 오기 싫었는데, 아빠 때문에 어쩔 수 없었
어요. 그나마 김별 오빠가 있어서 좀 다행이었달까. 그래도 전학
갈 거예요."

"……전학을 간다고?"

"네. 근데 내 얘기하러 온 거 아닌데."

정성윤이 김별의 질문을 막았다. 나는 겨우 사레에서 빠져나와
목을 가다듬었다.

"오빠, 왜 더 이상 연기 안 해요? 우리 학교에 연극 동아리도 있
잖아요. 안 들어가요? 나 그 얘기 하러 온 건데. 오빠가 영화를 안
찍으면 그건 국가적인 손실이에요."

"뭐?"

김별의 목소리가 갈라져서 작은 카페 안을 울렸다. 정성윤은
아랑곳하지 않고 계속 말했다.

"중학교 때 난 소문 때문이에요? 그거 다 거짓말이잖아요. 나도

헛소문이라고, 오빠는 그럴 사람 아니라고 친구들한테 계속 말했어요."

"……."

김별이 입을 꾹 다물었다.

"연기 안 해요, 이제? 나 오빠 나온 청소년 영화 보고 울었는데. 왜 더 안 해요? 이상한 소문나면 내가 다 처리해 줄게요. SNS에 올라온 악성 글들도 다 제가 신고해서 삭제시켰어요. 저 잘했죠?"

정성윤이 자랑스럽게 그 말을 하는 동안 김별의 옆얼굴이 점점 창백해지는 것이 보였다. 김별은 손을 뻗어서 자신이 시킨 주스 컵을 쥐려고 했지만, 결국은 넘어뜨려 버렸다. 과일 주스가 탁자를 붉게 물들였다. 정성윤이 황급히 티슈를 집어 들었다.

"형, 괜찮아?"

주스를 닦아 낸 정성윤이 의아한 눈빛으로 우리 쪽을 쳐다보고 있었다.

"어."

김별이 짧게 말하며 나를 봤다. 하지만 얼굴이 너무 창백해서 금방이라도 졸도할 것 같았다. 그때 문득 김별의 내면에 엄청난 고통이 가득 차 있다는 것이 떠올랐다.

"오빠, 어디 아파요? 아픈데 나온 거예요? 난 다른 날도 괜찮았는데!"

정성윤이 안타까워하며 물었다. 그 순간, 나는 깨달았다. 김별은 정성윤 때문에 불안해하고 있다. 그 애 쪽을 보는 김별의 눈동자가 어수선하게 흔들렸고, 그게 공황 발작임을 인식하자마자 나는 왼손의 장갑을 벗었다.

곧 망치로 때려 부수는 듯한 고통이 왼손으로 전달됐다. 김별의 새끼손가락 하나, 그것도 삼 초 정도였나? 그런데도 머릿속 목소리가 공포에 질린 비명을 내뱉었다.

몸서리치며 김별에게서 손을 떼어 냈다. 식은땀이 흐르고, 언제 깨물었는지 입술까지 얼얼했다. 스치는 듯한 터치였음에도 불구하고 이 정도다. 아마 조금만 더 접촉해 있었으면 예전처럼 기절했을지도 모른다.

"아, 미안."

김별의 안색이 조금 돌아왔다. 그는 이제야 자신이 주스를 쏟았다는 것을 깨닫고 미안해했다.

"오빠 컨디션이 안 좋은 줄 알았으면 무리해서 만나지 않았을 텐데. 혹시 어디 아파서 연기 못 하는 건 아니죠?"

"……아니야, 그런 건 아니야. 미안. 성윤아, 그런데 오늘은 더 못 있겠는데."

"아……, 알겠어요."

정성윤이 안타까운 얼굴로 김별을 바라보았다.

"오빠, 괜찮아요. 난 다 이해해요. 오빠 1호 팬으로서, 다 이해해요. 그리구, 아빠……, 아니, 정도운 선생님이 부탁했다고 했죠?

장학퀴즈 날만이라도 지금처럼 하고 갈 테니까, 걱정 마세요."

"고마워."

김별은 이제 희미하게나마 미소도 지을 수 있는 것 같았다. 나는 여전히 통증으로 떨리고 있는 손바닥을 숨기려고 왼손을 주머니에 넣었다.

정성윤이 카페를 나가자마자 김별은 평상시의 얼굴로 되돌아왔다. 나는 아직도 얼얼한 왼손을 주머니에서 꺼내서 간신히 장갑을 착용했다.

"하품했음? 너 눈물 난다."

김별이 내 얼굴을 보더니 말했다. 휴대폰 액정으로 확인해 보니 정말 눈물이 고여 있었다. 다 김별 때문이다. 나는 괜히 화가 나서 김별을 추궁했다.

"형, 왜 쪼끄만 여자애한테 벌벌 떨어?"

"내가 언제."

김별은 얼음을 씹으며 태연하게 대답했다.

"정성윤이랑 무슨 일 있었어? 아까 기절할 뻔했잖아."

"주스 한 잔 엎지른 거 가지고 무슨 기절까지 가냐."

이제 아예 아무 일도 없었던 척을 한다. 그냥 이렇게 넘어가려는 게 분명했다.

"아까 기절할 뻔한 거 맞지 않아? 둘이 중학교 때 얘기 하던데.

그래서 손 덜덜 떨려서 주스 쏟은 거잖아."

평소 같았으면 화제를 돌리려는 김별의 의도대로 따라갔을지도 모른다. 하지만 내 왼손은 계속 짜증스럽게 통증을 호소하고 있었다. 김별을 친구라고 생각해서 그 끔찍한 고통을 나누려고 한 결과였다.

"중학교 때 얘기? 별일 아닌데. 그리고 별로 하고 싶은 얘기도 아니고."

김별이 여전히 아무렇지 않다는 듯이 말을 이었다. 그는 내게 완벽하게 선을 긋고 있었고, 난 그게 서운했다.

"됐고, 최문, 이선한테 카페로 올라오라고 전화해."

"왜? 이선은 안 무섭나. 개도 여자앤데."

그 말에 김별의 표정이 약간 굳어졌다.

"지금 나한테 시비 거는 거임?"

"시비 아니야. 내가 전후사정 다 말해 달랬어? 아까까지 쓰러질 것 같았던 사람이 갑자기 괜찮은 척하니까 이상해서 물어본 거잖아."

"눈치 챙겨. 내가 왜 아무한테나 과거 얘기를 해야 하는데? 갑자기 김별 과거 소문이 어쩌고 하는 말 들으니까 흥미가 생겨? 막 궁금하고 안달 나고 그래?"

나는 김별의 비아냥에 짜증이 나서 자리에서 일어섰다. 욱신거리는 왼손도, 멀쩡한 척하는 김별도, 자기 할 말만 다다다 늘어놓고 가 버린 정성윤도 다 마음에 들지 않는다.

"언제는 우리가 친구라며? 걱정됐을 뿐이야. 형 과거에 하나도 관심 없으니까 오해하지 마."

"네 그 손."

여전히 앉아 있던 김별이 나를 올려다보며 턱으로 검은 장갑을 낀 내 왼손을 가리켰다.

"그 손에 대해서 물어보면, 너는 순순히 대답해 줄 거고?"

김별은 냉랭한 표정으로 이어 말했다.

"정성윤이랑 대화하면 네가 나라도 소름끼치지 않겠냐? 눈은 보이지도 않게 치렁치렁한 머리를 하고 다니고, 내 아기 때 사진이랑 중학생 때 소문까지 다 모으고 다닌다잖아. 그래서 네 말대로 겁쟁이처럼 덜덜 떤 건 사실이야. 근데 그 와중에 좀 이상하다고 느낀 게 있는데, 그때 최문 네 왼손, 내 손이랑 닿지 않았냐? 장갑도 안 끼고?"

그 순간, 머릿속이 새하얗게 변했다. 방금 김별의 말은 선을 넘었고, 그래서 깨달았다. 내가 오늘 한 짓은 전부 실수였다.

"더 말해 봐? 너 합주실에서 전영화랑 손잡은 거 뭐야? 나는 닿으면 아프고, 전영화는 아무렇지 않아?"

"둘이 뭐 해?"

나와 김별은 익숙한 목소리에 고개를 돌렸다. 어느새 이선이 2층에 올라와 있었다.

"최문, 김별 오빠, 지금 싸워?"

이선이 우리를 번갈아 쳐다보며 말했다. 나와 김별은 누가 먼저랄 것도 없이 입을 다물었다.

먼저 움직인 것은 김별이었다. 그는 곧바로 가방을 메더니 나와 이선 사이를 지나 카페 문을 열고 나가 버렸다. 이선이 한숨을 내쉬며 물었다.

"뭐야, 무슨 일인데?"

오지랖을 부리는 게 아니었다.

"선아, 우리도 이만 나가자."

이선은 다시 작게 한숨을 내쉬었지만, 별말 하지 않고 내 뒤를 따라왔다.

막 여름이 된 공원은 산책을 즐기는 사람으로 가득했다. 선을 집에 데려다주려면 이 공원을 지나는 게 지름길이다.

"무슨 일 있었는지 정말 말 안 할 거야?"

이선이 또다시 채근했을 때, 자전거를 탄 무리가 우리 옆을 스치고 지나갔다. 나는 흠칫해서 왼손을 재빨리 들어 올렸다. 이선은 그런 내 행동을 빤히 바라보고 있었다.

"아까 별이 오빠랑 네 손에 대한 얘기 했지?"

"……들었어?"

"자세히는 모르지."

"어디부터 들었는데."

이선이 난감해하더니 어깨를 한 번 으쓱했다.

"패스트푸드점 통유리 밖으로 정성윤이 걸어가는 게 보이길래 카페로 올라갔거든. 그때 별이 오빠가 너랑 손이 닿았다면서, 전영화 선배 얘기 하는 것까지 들었는데."

"……거의 다 들었네. 네가 들은 게 다야."

"별이 오빠는 네 손에 대해서 좀 아는 거 같던데?"

선이 내 옷깃을 잡아 멈춰 세웠다. 오늘 무슨 날인가. 정성윤이라는 나비의 날갯짓이 여름의 태풍이 되어 나와 선과 김별을 뒤흔들려 하는 것 같았다.

"나도 궁금하긴 해. 최문 네가 내 손 안 잡는 거도 그 왼손 통증 때문이잖아."

이번에는 사이클 아마추어 선수들인지, 장비를 갖춘 전문 라이더들이 우리 옆을 비껴 지나갔다. 후텁지근한 바람이 살갗에 닿는 게 영 기분이 좋지 않았다.

"뭐가 궁금한데."

"피아노는 칠 수 있는데 김별이랑 손잡았을 땐 기절했잖아. 그런데 전영화 선배가 막 짜증 부릴 때, 너 장갑 벗더라? 그리고 맨손으로 그 선배 손잡아 줬잖아."

"……."

"그래서 나도 집에서 조금 생각해 봤어. 너, 손 아픈 건지 뭔지 모르겠어. 네가 아주 가끔만 아프다고 그랬는데, 김별 오빠하고 악수했을 때는 그렇다 쳐. 전영화 선배 손은 장갑까지 벗고 잡아도 되는 이유가 뭐야? 그리고 너 내 손도 안 잡잖아……. 우리 사귀는데, 이러면 그냥 친구 아니야?"

이선의 쌍꺼풀 없는 큰 눈이 내 눈을 응시하고 있었다. 나는 선을 보면서 어쩔 수 없다고 생각했다. 김별, 이선. 이 두 사람에게 내 손 얘기를 한다는 생각은 해 본 적도 없는데.

그때, 선이 손을 불쑥 내밀었다. 언젠가 이렇게 불쑥 시야에 들어왔던 하얀 손. 그때는 저 손이 아무렇지 않게 내 휴대폰 액정을 슥슥 밀었었다.

"아픈 건 왼손만이잖아. 그것도 자주 그런 것도 아니라면서. 혹시 내 손은 안 잡는 거, 다른 이유가 있는 거야?"

손을 잡을 수는 있다. 하지만 오늘 일로 깨달은 게 있다. 저 손을 잡으면 나는 더 원할 거다. 김별의 마음보다 훨씬 더, 선의 마음이 궁금할 거다. 분명히.

나는 선에게 되물었다.

"괜찮겠어?"

선은 손을 내민 자세 그대로 배시시 웃었다.

"나? 나야 괜찮지."

내가 대답했다.

"아니야, 선아. 아닐 거야."

*

도운 형의 말이 맞다. 우리는 어울리지 않는다. 이선의 손도 자신만의 괴로움을 안고 있을 것이 분명하다. 그러니 아무리 철저하게 장갑을 씌워 놓는다고 해도 언젠가는 벗게 될 날이 온다. 선이 아플 때.

김별의 얼굴을 떠올렸다. 김별과의 첫 만남은 끔찍했으며, 그 끔찍함이 설익은 우정으로 조금 상쇄될 무렵 나는 김별의 고통을 덜어 주고 싶다는 어리석은 생각을 했다. 마찬가지로, 선을 조금 더 알게 되고, 더 좋아하게 되면 나는 분명히 그 애를 무언가에서 구하고 싶다는 생각을 할 게 뻔하다.

거기까진 좋다. 그러나 그 후로도 주제넘게 이선의 손을 잡으려고 할 거고, 그렇게 옮아온 그 애의 아픔이 뭔지 알게 되면 멋대로 관여하려고 할 거다. 이선을 마음대로 판단하고 아픈 부분을 쿡쿡 찌르면서까지. 그러면서 내가 선의를 베풀고 있다고 착각하겠지. 날 아프게 만든 선에게 이 정도 개입할 권리는 있다고 생각하면서.

하지만 그 반대라면⋯⋯. 선이 나처럼 군다면, 김별이 나처럼 군다면, 친해졌단 이유만으로 내 아픔을 궁금해하고 고통을 파헤치려고 한다면, 나는 감당할 수 있을까?

답은 나와 있다. 김별 덕분에 이런 사실을 미리 알게 되었다. 불

144

행 중 다행이었다.

'새삼 미안하네.'

별이 형의 짜증 난 표정이 눈앞에 아른거렸다.

"뭐 하냐, 여기서."

트레이닝복 차림의 지환 형이 내 발을 툭 쳤다. 나는 어느새 이모네 집 앞 가로수 옆에 앉아 있었다. 내 피아노를 팔고서는 한 번도 온 적 없는 곳이다.

"나 만나러 온 건 아닐 테고."

"설마."

"우리 엄마 만나러 온 건 더더욱 아닐 테고."

"이모 출강하는 날이잖아?"

"그런 건 잊어버리지도 않네."

우리는 잠시 킬킬대며 웃었다.

"조깅 했어?"

"응. 마음이 울적할 때는 뛰는 게 답이야."

지환 형이 옆에 털썩 주저앉았다. 형의 시선이 내 검은 장갑에 잠시 붙었다 떨어졌다.

"아직 아프냐."

"글쎄. 아픈 거 같기도 하고, 아닌 거 같기도 하고."

"병원에선 이상 없다며."

"만져 볼래? 이상 없는지."

"아니. 너 아프면 또 내 탓할 거잖아."

지환 형이 가는 눈을 접어 익살스럽게 웃었다. 예전에 지환 형이랑 악수해서 아픈 거 같다고 멋모르고 말한 적이 있다. 그때 지환 형이 엄청 억울해했던 것이 기억난다.

"형, 내가 처음 콩쿠르 일등 했을 때 형 피아노 관뒀잖아. 그때 무슨 생각 했어?"

"나는 자유다."

형이 진지한 목소리로 대답하고는 내게 되물었다.

"왜. 최문 넌 자유로움이 느껴지지 않아서 여기 다시 온 거냐?"

"아니. 피아노 치러 왔는데."

"……."

우리는 잠시 서로를 바라보았다. 곧 지환 형이 몸서리를 치며 말했다.

"진짜?"

"기분이 너무 끔찍해. 근데 어떻게 털어 내야 할지 방법을 모르겠어."

"뛰는 게 낫지. 피아노 얘기는 꺼내지도 마. 토 나오니까."

지환 형이 일어섰다. 나는 형의 뒤를 따라서 이모의 거대한 성 같은 집으로 들어갔다. 전실을 지나 복도로 꺾어지면 부엌이 있다. 형은 정수기에서 물을 따라 마셨다. 왼쪽으로 몸을 돌려 걸어가면 곧 거실이 나온다. 그리고 거실에는…….

"진짜 칠 거야?"

지환 형이 물었다.

왼쪽 어깨와 목 주변이 뻣뻣해지는 게 느껴졌다. 내 인생의 절반이 넘는 시간이 거기에 있었다.

"아니."

"잘 생각했어."

고개를 돌릴 여유도 없이 다시 복도로 걸어 나왔다. 지환 형이 전실까지 배웅해 주었다.

"형은 정말 '나는 자유다' 이따위 생각밖에 안 했어?"

"어. 엄마 옆에 계속 남아 있을 널 보니까 좀 안됐다는 생각도 하긴 했는데……. 뭐, 그건 네 사정이니까. 네가 알아서 잘할 거라고 생각했지."

"……진짜로?"

형이 윙크를 했다.

"생각 같아선 너한테도 빨리 탈출하라고 말하고 싶었지만……. 자기 식대로 조언하는 것만큼 끔찍한 게 없잖냐."

마지막 말은 이모를 빗댄 것이었다. 우리는 의미심장한 눈빛을 교환했다. 이모의 언어로 치면, '패배자'들의 동지애였다.

"잘 있어."

"또 올 거야?"

"그럴 리가."

지환 형은 주먹 인사를 하려고 하다가 손을 거뒀다. 나는 오른손을 뻗어 주었다. 형이 피식 웃었다. 열등감이라곤 조금도 느껴지지 않는 해맑은 웃음이었다.

나는 집까지 뛰어가기로 결심했다.

"헉......."

숨이 달렸다.

"허억......."

주제넘는 짓이었다. 고통의 아주 작은 일부를 알 것 같다고 해서, 김별의 과거를 아무렇지 않게 파헤치려고 한 건.

"헉......."

주제넘는 짓을 할 뻔했다. 이선의 고통은 이선의 것이다. 그 애가 나를 믿고 말해 주기 전까지 나는 그 애의 어떤 부분도 멋대로 알아내려고 하면 안 된다는 걸, 이제야 알았다.

"허어억......."

발을 멈췄다. 금방이라도 폐가 터질 것 같고 무릎이 후들거렸다. 심장 소리가 고막 바로 안에서 울리고, 눈앞에서 폭죽이 팡팡 튀었다. 시야가 빙빙 돌아 결국 주저앉았다.

내 고통은 오로지, 나의 것이다.

No. 7

피아노에게도 이런 마음이었어야 했는데

대외적으로 우리 셋은 아무 문제가 없는 듯이 보였다. 마지막 합주 연습이 끝났는데 연주를 부탁하지 않고 가 버린 김별이나, 연습 내내 내게 한 번도 웃어 준 적 없는 이선의 태도가 소지연 선배나 도운 형 눈에 띌 만큼 큰일은 아니었다.

그래서 공연 당일까지도 우리는 무척 서먹한 상태로 소강당 무대에 올랐다.

"최문, 스네어."

"응."

"최문, 하이 햇."

"응."

이선은 내게 꼭 필요한 말만 했고 나는 "응"밖에 하지 않았지만, 우리는 그럭저럭 드럼 세팅을 완료했다. 옆에서는 도운 형이 이펙터 페달과 기타를 연결하고 있었다.

도운 형은 유독 멋을 낸 차림이었다. 교복 블레이저 대신 집업 재킷에 굽이 높은 팀버랜드 부츠를 신었고, 새벽에 헤어 숍에서 머리를 하고 왔다고 했다.

하지만 나는 그런 도운 형보다 그냥 짧은 단발에 단정한 교복 차림의 이선이 훨씬 더 주인공 같다고 생각했다. 시종일관 딱딱한 표정으로 나를 향해서 "최문, 그거 줘, 이거 줘"라고 말해도, 여전히 선의 반경 50센티미터 정도는 반짝이를 뿌린 듯이 눈부셨다. 나는 몇 번이나 미안하다고 대답할 뻔한 것을 누르며 "응"만 반복했다.

저런 애한테 상처를 준 게 나라는 게 끔찍했다. 하지만 서로에게 더 큰 상처를 내는 것보다는 낫다.

강당에서는 연극부가 다 치우지 못한 소품들을 나르고 있었다. 멍청하게 연극부원들을 보던 김별이 보면대를 나르다가 손을 베었다. 지연 선배가 혀를 찼다.

"조심 좀 하지."

"그냥 둬도 낫는데요."

"이거 벌어지면 더 큰 상처 될걸."

그러고는 가방에서 반창고를 꺼내 김별의 손에 붙여 주었다.

"뭐, 그래도 다행이지. 도운이 손이 아니어서."

"누나, 차별해요?"

"당연하지. 보컬보다는 기타, 기타보다는 베이스가 귀한 거 몰라?"

지연 선배가 김별에게 농담을 건넸다. 김별이 실망이라면서 얼굴을 과장되게 구겼다. 나는 김별의 상태를 금세 알아차렸다. 또 그 아무렇지 않은 척이었다.

이선이 시험 삼아 킥 페달을 밟는 소리 사이로 바깥에서 기다리는 사람들의 웅성거림이 들려왔다.

"너 때문에 우리 학교 여자애들 다 몰려왔나 보다."

기타를 세팅하던 도운 형이 김별의 어깨를 장난스럽게 치며 말했다.

"아까 지연 누나 말 못 들었음? 보컬보다는 기타라잖아."

"아, 그건 팩트지."

도운 형은 머리 모양을 다듬는 데 무려 십만 원을 썼다고 했다. 그는 투자한 금액만큼 의기양양한 표정으로 김별을 향해 고개를 끄덕거렸다.

신시사이저는 크게 세팅할 것이 없었기 때문에 나는 의자를 가져다 두고 앉아서 예전에 한 번 부러트린 가느다란 철제 지지대를 박스 테이프로 몇 번 더 보강했다.

"소지연, 지금부터 관객 받을게!"

공연을 도와주기 위해 온 학생부 선배가 무대 뒤편에서 외쳤다. 지연 선배가 우리를 무대 중앙으로 불러 모았다.

"고마워. 내가 이따 한 번 더 말할 건데, 정말 고마워. 특히 선아, 너 아니었음 이런 기회는 없었을 거야."

"언니, 대학 가서 또 밴드 하면 되잖아요!"

"내 곡을 누가 무대에 올려 주겠니? 처음이자 마지막일걸. 그러니까 다들 후회 없이 하자."

우리는 짧게 파이팅을 외쳤다.

나는 신시사이저 뒤에 서서 막이 열리기를 기다렸다. 그리고 깨달았다. 내 앞에 다시 하얗고 검은 건반이 놓여 있다는걸. 신시사이저라고, 소리도 이름도 다른 악기라고 계속 우겨 댔지만, 이건 피아노다. 또다시 피아노고, 무대고, 눈앞에는 관객들이 있다. 기대에 찬 눈초리의 사람들 사이 어딘가에서 이모의 시선이 느껴지는 듯했다.

아냐. 이건 그냥 학예회나 장난 같은 이벤트일 뿐이다.

"잘 들어. 오늘 연주에 네 인생이 달린 거야. 알았니?"

학교 공연에는 인생이 달려 있지 않다.

나는 마음을 가다듬었다. 그리고 내 앞의 희고 검은 건반을 누르기 위해, 장갑을 벗었다.

"괜찮아? 어디 아픈 거 아니야?"

옆에 서 있던 지연 누나가 다가왔다. 그제야 사람들의 환호성이 들려왔다. 뭘 했는지 잘 기억도 나지 않는데 공연이 끝나 있었다. 뒤에서 선이 내 쪽을 바라보고 있다는 게 느껴졌다. 시선이 부딪히자마자 이선은 딴청을 피웠다. 무대 끝에 선 커다란 도운 형이 김별을 끌고 다니면서 과장된 제스처로 관객들에게 허리를 숙여 인사하는 것이 보였다.

"별것 아니에요."

바로 장갑을 끼며 일어섰다. 지연 누나의 의아한 시선이 뒤따랐지만 그런 걸 신경 쓸 겨를이 없었다. 나는 서둘러 무대를 내려갔다.

합주실로 걸어가며 생각했다. 악보대로 치기만 하는 건 얼마든지 할 수 있다. 태연한 표정을 유지하는 것도 얼마든지 할 수 있다. 그런 건 수도 없이 훈련했다. 관객석에 앉은 사람들이 나를 노려보든, 못마땅한 얼굴로 고개를 젓든 십여 분 동안 건반을 보면서 외운 대로 연주하기만 하면 된다.

그때도 그러면 됐다. 그러면 일등이었을 거고, 그러면 합격이었을 것이다. 하지만 몸이 나를 멈춰 세웠다. 한 번도 내 의지에 반항해 본 적 없는 몸이.

움직이지 않는 왼손 때문에 당황해하고 있을 때, 심사 위원 한 명이 일어나서 무슨 일이 있느냐고 물었다.

"아닙니다."

그리고 나는 예전처럼 돌아가려고 했다. 객석에 앉아 있는 이모의 목소리가 들리는 것 같았다.

"잘 들어. 오늘 연주에 네 인생이 달린 거야. 알았니?"

왼 손목을 팔 근육으로 밀어서 건반 위에 올려놓는 것까지는 됐다. 하지만 손가락이 전혀 움직이려 하지 않았다. 그리고 결국, 나는 첫 두 마디 이후로 아무것도 치지 못했다. 그날만, 딱 그날만 그랬다. 내 인생에서 가장 중요한 날이었던 그날만.

합주실 문을 세게 닫았다. 안에 있던 종이 상자들이 바들거리며 소리를 냈다.

도운 형과 김별에게 가려진 채 서 있었기 때문일까? 아니면 노랗고 붉고 파란 등이 요란하게 빛을 내고 있었기 때문이었나? 아니, 나는 그저 다른 악기의 소리에 매달려서 적당히 따라간 것뿐이었다.

그런데 무엇을 하자고 생각한 것도 아닌데, 손이 먼저 움직였다. 너무나 자연스럽게. 손가락은 신난다는 듯이, 지금이 가장 행복하다는 듯이 움직였다. 지금 이선 때문에 다시 건반을 치게 된 걸 후회하고 있는데도.

중간에 몇 마디는 마음대로 변주해서 쳤다. 제대로 기억나지도 않는다. 제멋대로였다. 이런 건 합의된 연주가 아니다. 이런 건 잘된 연주가 아니다. 내 왼손은 여전히 말을 들어 처먹질 않았다. 그날 나를 그렇게 주저앉히고서, 오늘은 자기 맘대로 즐겁게도 움직였다.

나는 왼손에 낀 장갑을 벗어 바닥에 패대기쳤다. 애초에 시작하지 말았어야 했다.

"왜 그래? 잘했잖아."

합주실 문이 어느새 열려 있었다. 선이 나를 의아한 듯이 보고 있었다.

"잘한 거 아냐."

담담하게 대답했다고 생각했지만, 목소리가 반쯤 거칠어져 있었다. 잘하지 않았다. 이딴 연주로 칭찬받고 싶지 않았다.

"실수라도 한 거야? 아무도 몰랐을 거야. 사실 더 큰 실수는……."

"넌 몰라."

이제 아무리 이선이라고 해도 참아 줄 수가 없었다.

"도대체 왜 그러는데? 멀쩡하게 잘 합주해 놓고 뭐가 불만이어서 죄 없는 장갑한테 화풀이하는 거야?"

"너는 화풀이하러 온 거 아니고? 너 나한테 화났잖아. 그래서 온 거 아니야?"

"난 그냥 최문, 네가 걱정돼서 온 거야."

선이 바닥에 떨어진 장갑과 내 손을 번갈아 쳐다보며 말했다.

"거짓말하지 마. 이선, 내 손에 대해서 궁금해했지? 말해 줄까? 나, 다른 사람 손을 잡으면 그 사람의 불행을 느낄 수 있어."

"뭐라고?"

"네가 누군가에게 적개심을 느낄 때 내 손을 잡으면 난 뾰족뾰

족한 가시로 찔리는 것 같을 거야. 네가 우울할 때 내 손은 불에
덴 것처럼 뜨거워지겠지. 그리고 네가 불안할 때 난 누군가에게
얻어맞은 것처럼 아플 거야. 미친 소리 같지만 사실이야."

"……."

"김별이, 도운이 형이, 전영화 선배가 무슨 멍청한 고민을 하고
있는지는 몰라도, 그 사람들의 불행한 마음이 내 손을 통해 모두
나한테 옮겨져 와. 너도 이게 미친 소리 같아? 뭐, 날 치료하던 의
사가 신경 정신과에 가 보라고 하긴 했지만."

"최문, 도대체 무슨 소리를……."

"잡고 싶어? 잡아. 나한테 끔찍한 고통을 주지 않을 자신이 있
다면. 화난 게 아니고 그저 내가 걱정되는 것뿐이라면, 잡아 봐."

선에게 불쑥 왼손을 내밀었다. 선은 혼란스러운 얼굴로 내 눈을
보았다. 잠시 시간이 흘렀다. 나는 천천히 손을 내리고, 허리를 숙
여 장갑을 집었다. 그리고 여전히 굳어 있는 그 애를 지나쳐 합주
실을 나갔다.

*

뒤풀이에 가고 싶은 마음이 전혀 없었지만, 지연 선배는 악착
같이 우리를 모아서 프랜차이즈 패밀리 레스토랑으로 데려갔다.

"정다운 쌤이 돈도 주셨고, 우린 먹기만 하면 돼."

"하지만 전 자격이 없어요."

김별이 겸연쩍은 듯이 말했다. 나는 잘 기억나지 않는데, 두 번째 곡 고음 부분에서 크게 음 이탈을 냈다고 했다. 도운 형이 아무 일도 아니라고 어깨를 토닥였지만 김별은 계속 풀이 죽어 있었다.

이선은 거대한 양파튀김 접시를 자기 앞에 두어 내 시야를 차단했다. 나는 신경 쓰지 않기로 했다.

"스테이크 조금 덜 익은 거 같은데."

"문아, 스테이크 덜 익었어?"

"응. 도운이 형, 이거 좀 더 익혀 달라고 해도 될까요?"

"그래, 난 상관없어."

도운 형이 쾌활한 표정으로 대답했다. 양파튀김 너머에서 이선의 시선이 느껴졌다.

"선아, 거기 새 나이프 좀 줄래? 이건 소스가 묻어 있어서……."

"여기 있어요."

이선이 도운 형에게 나이프를 건네주며 다시 내 쪽을 흘끔거렸다. 옆자리의 지연 선배가 실수한 김별을 토닥이며 고맙다는 말을 연신 반복하는 게 들렸다.

"고맙다는 말 좀 그만해요. 지겨워지려고 하니까요."

도운 형이 지연 선배를 말렸다. 그때 누군가가 우리 테이블로 다가왔다.

"아, 저기, 이거 좀 조금만 더 구워 주실 수 있나요?"

"예? 저는 종업원이 아닌데요."

생글생글 웃고 있길래 직원인 줄 알았는데, 다시 보니 그 사람이 입고 있는 흰 블라우스는 직원 유니폼이 아니었다. 여자가 다시 활짝 웃으며 말했다.

"저, 그쪽 분……, 오늘 우주고에서 공연하신 분 맞죠? 혹시 잠시 저랑 애기 좀 할 수 있을까요?"

"저요?"

여자가 지목한 건 김별이었다.

"네. 저는 □□□이라고 하는 회사의 인재 개발팀 팀장인데요, 잠깐만 시간이 되시면……."

나와 이선은 신경전을 벌이던 것도 잊고 김별과 의문의 여성을 바라보았다.

"잠깐이면 되는 거죠?"

김별이 우리 시선을 의식했는지 서둘러 일어섰다. 김별은 여자 쪽 테이블에서 몇 마디를 나누는 듯하더니 금방 돌아왔는데, 반창고를 붙인 손에 명함이 들려 있었다.

"진짜 이런 일이 있긴 하구나."

지연 선배가 말했다. 우리는 김별을 물끄러미 쳐다보았다. 김별은 명함을 구겨서 바지 주머니에 집어넣고는 심드렁하게 말했다.

"고기 남았어? 그 잠깐 사이에 다 해치운 건 아니겠지."

이선이 포크를 들어 스테이크가 담긴 접시를 두들겼다.

"오빠, 저 여자가 뭐래요?"

"넌 알 거 없음."

"□□□이면 꽤 큰 회사잖아요."

"나도 몰라."

선이 무언가를 더 물어보려 할 때였다. 갑자기 도운 형이 휴대폰을 들고 벌떡 일어났다.

"나 가야겠다."

"왜?"

"친구가 잠깐 보자고 하니."

도운 형은 난감한 듯한 얼굴로 지연 선배와 나를 바라보았다. 아마 질투심 많은 도운 형의 여자 친구에게 연락이 온 것일지도 모른다.

"죄송해요. 먼저 가도 될까요? 어, 친한 친구가 일이 생겨서요."

"우리야 괜찮음. 이선에게 네 몫의 고기를 뺏길 상황이 안타까운 거지."

김별이 도운 형에게 장난스럽게 말했다. 도운 형이 피식 웃으며 김별의 어깨를 쳤다. 그 와중에 김별이 나를 보았다. 나는 이선처럼 감자튀김 사이로 고개를 돌려 김별의 시선을 피했다.

도운 형이 나가고 약 십 분 뒤, 소지연 선배는 우리 앞에서 눈물을 터트렸다. 나는 선배가 마신 에이드에 혹시 알코올이 들어 있었는지 잠깐 의심했다.

접시를 깨끗이 비운 우리는 서둘러 밖으로 나갔다. 버스 정류장 앞에서 지연 선배가 레스토랑 휴지로 눈물을 닦으며 다시 중얼거렸다.

"김별, 너는 몰라! 이선! 너도 모를 거고. 최문, 아마 너도 모르겠지. 아니, 알지도 모르겠지만. 어쨌든 나한테 그런 경험은 다시 오지 않을 거라고."

"아니, 온다니까요."

이선이 이미 몇 번이나 했던 말을 되풀이했다.

"선아, 내 인생은 내가 잘 알아. 평범한 대학생을 거쳐서 평범한 회사원이 될 거고, 아주 운이 좋으면 직장인 밴드에서 베이스를 치겠지만, 내 노래를 들으려고 공연 표를 사는 건 죄다 가족, 친구, 아는 사람뿐일 거야. 너네는 모른다구. 이런 경험이 나 같은 사람한텐 얼마나 소중한 건지. 헥사 그 새끼들, 날 따돌린 걸로도 모자라서 술 마시고 무면허로 운전하다 사고나 내고. 정말 고마운 놈들이지 않니? 필요할 때 싹 사라져 주다니."

이제 지연 선배는 아저씨처럼 호탕하게 웃기 시작했다. 버스가 빨리 도착하길 바라면서 나는 지연 선배의 말에 대충 고개를 끄덕였다.

"그렇지 않냐? 최문, 헥사 최후의 승리자는 나라구. 으하하핫. 그놈들이 번번이 깐 내 곡을 연주하는 걸 그 새끼들이 봤어야 하는데. 아마 봤겠지? 그렇게 사람이 많았으니까."

"네……. 언니, 어, 저기 버스 온다. 저거 같이 타요?"

"응. 51번. 선이 너도지?"

나는 이선을 바라보았다. 어느새 길가가 어두워져 있었기에 바래다주고 싶었지만, 그 마음을 눌러 참았다.

"그럼 나도 51번 타고 갈래."

내 옆에 있던 김별이 바로 버스에 올라탔다. 선은 잠시 내 쪽을 보다가 고개를 돌렸다. 나는 아무렇지 않게 버스를 탄 셋에게 인사했다. 우리의 사정을 모르는 지연 선배만이 밝게 손을 흔들어 주었다. 51번 버스의 뒤꽁무니가 점점 멀어져 갔다.

내게 이 망할 손 대신 미래를 보는 초능력이 있었다면, 절대로 그렇게 보내진 않았을 텐데.

*

대신 알려 드립니다.
우주고 정기 공연 중 밴드 무대에 선 보컬 김별 선배에 대해 폭로합니다. 저는 오늘 김별 선배가 밤 일곱 시 삼십 분경 같은 동아리 활동을 하는 1학년 이선과 사거리 신경 정신과에 들어가는 것을 목격했습니다. 김별이 이선을 다정하게 내려다보며 머리를 쓰다듬고, 함께 걸어가며 그 친구의 어깨를 감싸안는 등 둘은 친구보다는 깊은 사이처럼 보였습니다. 저는 1학년 이선 친구를 위해 용기 내어 이 글을 씁니다. 두 사람이 어떤 관계든, 김별에게 병명도 이야기할 정도로 깊은 사이라면 충고하고 싶은 것이 있습니다.

김별은 중학생 때 ○○구로 전학을 갔습니다. 그때의 김별은 좋은 사람이 아니었습니다……

도운 형의 호인 같은 얼굴도 이렇게 일그러질 수가 있구나 생각하며, 나는 형에게 휴대폰을 돌려주었다.

"알려 주셔서 고마워요."

"정말 몰랐어? 너도? 너 이선이랑 사귀는 거 아니야?"

"……."

"미안. 괜한 걸 물어봤네."

어두운 얼굴의 형이 미안한 표정을 했다. 타이밍 좋게 바로 담임이 들어왔다. 담임이 늘상 하는 얘기들이 지겹고 짜증이 났다.

시간은 더럽게 느리게 갔다. 종례는 더욱 길어졌고, 주의력을 잃은 놈들 중 몇 명이 내 쪽을 흘끔거리는 것 같았다. 나는 머릿속이 터져 나갈 지경이었다.

"별이 오늘 학교 안 나왔어."

아침에 도운 형은 인사보다 저 말을 먼저 했다. 그때까지만 해도 김별에게 무슨 일이 있는 건가 하긴 했지만, 그 일이 이선과 연결되어 있다고는 생각하지 않았다. 종례 전, 도운 형이 내민 휴대폰을 보기 전까지는.

어제, 51번 버스를 탄 두 사람은 나를 보는 둥 마는 둥 했다. 그렇게 보내는 게 아니었다.

우습게도 갑자기 머릿속에서 이모의 목소리가 들렸다.

"넌 곡을 제대로 해석하려는 의지가 없구나. 이 곡, 그냥 비장하고 느리게만 연주하면 되는 것 같아? 감정만 넣으면 되는 것 같아? 얼개에 맞춰서 해석을 해야 할 거 아니야. 듣는 사람이 느낄 수 있는 이미지를 만들어 줘야 할 거 아니냐고. 어휴, 너 책은 읽니? 응? 그냥 기계처럼 슬픔은 느릿느릿하게, 감정의 고조에 이르면 건반을 부수듯이 표현하는 게 끝이니? 그래? 너, 왜, 왜가 중요한 거야. 도대체 왜 여기에 렌토(lento)가 붙어 있는지, 작곡가의 의도를 생각해 봤어?"

내가 이선과 김별의 관계에 대해서 제대로 해석하지 못한 게 있다고, 그녀의 날카로운 목소리가 머릿속에서 쩡쩡 울렸다.

나는 알고 있다고 믿었다. 김별의 고통에 대해서. 그리고 이선에 대해서. 선이 이야기해 준 덕분에 그 애의 콤플렉스에 대해서 조금은 아니까. 그 애의 곧은 성격과 강한 마음을 경험했으니까.

하지만 이모의 목소리는 내게 말했다.

"네가 뭐 하나 제대로 아는 게 있는 거 같니?"

종례가 끝나자마자 나는 이선의 반으로 갔다. 아직 하교하지 않은 놈들이 교실 뒤편에서 공을 던지며 놀고 있었다. 몇몇은 자리에 모여 앉아 무언가를 베끼고 있었고. 평소와 다를 것 없는 분위기였다.

2분단 맨 뒷자리에 앉은 이선을 곧장 찾아냈다. 선은 여자애들 몇 명에게 둘러싸여 있었고, 나는 그사이로 걸어 들어갔다.

"내가 도대체 김별이랑 무슨 병원에 갔다는 건데."

이선은 귀찮은 듯이 짜증을 내고 있었다.

"이선."

내가 부르자 선이 무표정하게 위를 올려다봤다. 옆에 있던 여자애들도 나를 봤다.

"나 좀 봐."

"최문 너는 왜 또……."

선의 밝은 갈색 눈동자가 찌푸려졌다. 드르륵. 의자 끌리는 소리가 거슬렸다. 이제 공놀이를 하던 놈들도, 조별 모임을 하던 놈들도 모두 이쪽을 보고 있었다. 부글부글. 속에서 무언가가 끓어 올랐다.

피아노를 친다면서 나는 한 번도 제대로 생각해 본 적이 없었다. 사람은 어떨 때 화가 나는가, 어떨 때 웃는가, 어떨 때 눈물을 흘리는가. 그리고 어떨 때 감정을 숨기려 하는가. 사실, 생각해 보려고도 하지 않았다.

나는 오로지 일등을 하기 위해서, 금상을 받기 위해서 충실한 연주를 했다. 작년 수상자의 연주를 보고 참고에 가깝게 베껴 보기도 하고, 연주할 곡에 어떤 기교가, 어떤 테크닉이, 어떤 짜임이 있는지만 살폈다. 심사 위원 너머의 청중이 어떻게 이 연주를 받아들일 것인가. 그것에 대해서 한 번도 생각해 보지 않았다.

그럼에도 김별은, 그따위 연주가 좋다고 박수를 쳤다.

왼손의 고통이 알려 주기 전까지, 나는 다른 사람들의 마음에 대해 생각하려고 하지도 않았다. 피아노를 십 년이나 쳐 놓고도.

우리는 익숙한 길을 걸어갔다. 수요일마다 늘 걷던 길이다. 별관 뒤쪽의, 작은 자물쇠가 문에 달려 있는 컨테이너. 학교의 명예를 실추했다는 기악부 혁사의 합주실로 가는 길이다. 저 합주실에서 이선을 처음 만났다. 그날, 선은 해맑게 웃으면서 드럼 스틱을 드럼에 내리꽂고 있었다.

"왜 여기까지 오자고 한 건데?"

소파에 앉은 이선이 짜증을 숨기지 않고 물었다. 선은 작년 여름에도 꼭 이런 표정으로 내 휴대폰 음량을 줄였었다.

"미안해. 어제, 내가."

"……"

"너한테 화내서."

이선의 얼굴에서 짜증이 점차 가라앉았다. 쌍꺼풀 없는 큰 눈이 표정 없이 나를 빤히 바라보고 있었다.

"변명같이 들리겠지만…… 너한테 화낸 건 아니야. 그냥 내 왼손에 짜증이 좀 났을 뿐이야. 내가 원할 때는 제대로 움직이지 않아 놓고 어제는 신나게 움직였다는 게 화가 났어. 남들이 듣기엔 웃기겠지만, 그래, 내가 왼손에 짜증을 내고 있는데 네가 들어온 거야."

"……알겠어."

선이 여전히 표정 없는 얼굴로 대답했다.

"하지만 어제 한 말은 사실이야. 이 손은 내 맘대로 되질 않아. 내가 절실할 때는 굳어 버리고, 원하지 않는 고통만 옮겨 오곤 하거든. 그래서 김별하고 악수했을 땐 기절한 거고, 전영화 선배의 손을 잡은 것도 그 선배의 불안을 누그러트리기 위해서였어."

나는 접이식 의자를 펴서 선의 앞에 나란히 앉았다.

"내 말 믿어?"

끼고 있던 검은색 장갑을 벗고 물었다. 이선은 한참 나를 바라보더니 무거운 목소리로 되물었다.

"넌, 나 믿니?"

"응. 믿어."

"최문, 지금 학교에 무슨 소문이 퍼지고 있는지 모르나 본데……."

"알아. 미안해. 근데 어쩔 수 없이 알게 됐어. 하지만 그 소문이 사실이라 해도 널 믿을 거야. 그냥 병원이잖아. 갑자기 응급 상황이 생겨서 약을 타러 간 걸지도 모르고."

이선의 입술이 조금씩 흔들리는 것이 보였다.

"선아, 난 너 믿어. 어제 무대를 망치고 의기소침해 있는 건 김별이었는데, 넌 굳이 널 밀어낸 나를 여기까지 따라왔잖아. 못 볼 꼴을 보이긴 했지만."

"……난 솔직히, 최문 네 말 못 믿겠어."

선이 입술을 물어뜯었다.

"손이 닿은 사람의 괴로운 감정이 옮겨진다니……. 어제 난 네가 화나서 아무 말이나 뱉는 줄 알았다고."

"실험해 봐."

나는 선에게 왼손을 내밀었다. 장갑을 끼지 않은 맨손이었다.

"난 항상 이 손이 저주받았다고 생각했어. 그런데 선아, 지금은 아니야. 내 손을 잡아. 반드시 지금보다 괜찮아질 거야."

선의 무표정이 서서히 풀어지고, 물어뜯던 입술이 삐죽이듯 일그러졌다. 이선의 하얀 얼굴은 온통 엉망진창이었다.

"그리고 혹시라도 나 기절하면, 선생님 좀 불러 줘."

울먹이던 선의 얼굴 위로 작게 미소가 번지자, 나는 그제야 내 안에서 올라오던 화가 사라지는 것을 느꼈다. 선의 손이 점점 가까워졌다.

괜찮아. 각오했으니까. 선이 더 이상 아프지만 않다면, 그걸로 됐다.

피아노에게도 이런 마음이었어야 했는데.

No. 8

아무것도 증명하지 못하는 익명

"야, 이선, 2학년 보컬 선배랑 그거…… 혹시 진짜냐?"

급식실. 식판을 거의 비워 가는데 옆에 앉아 있던 오재영이 속삭이듯이 물었다. 늦은 소문이 퍼지는 중이었다. 나는 나도 모르게 한숨을 내쉬었다.

그러나 내가 뭐라고 하기도 전에 뒤에서 나타난 이선이 세모눈을 하고 말했다.

"내가 보컬 선배랑 뭘 했는데?"

"헉."

주변이 조용해졌다. 이선은 여전히 재영을 노려보고 있었다. 선은 루머를 옮기고 다니는 사람들을 보는 족족 시비(?)를 걸고 다닐 태세였다. 그 모습이 평상시의 이선 같아 보여 맘이 놓였다.

"맛있게 먹어, 문아."

"응."

선이 여유롭게 웃으며 식판을 들고 자리를 찾아갔다.

"문, 아직도 재랑 사귀는 중?"

여전히 재영이 속삭이듯 중얼거렸다. 주변 녀석들도 다 나를 불쌍하단 눈으로 쳐다보고 있었다.

"응."

"그 소문 사실 아니야?"

"아닌데."

나는 남은 국을 떠먹으며 말했다. 소문은 사실이 아니다. 그래도 친구라는 놈들의 동정심 넘치는 표정을 보자니 말을 좀 보태야 할 것 같았다.

"이선은 그날 병원에 가지도 않았어."

"진짜?"

"선이가 티머니 앱으로 하차 역 보여 줬는데. 게다가 이선 그날 우리 부 3학년 여자 선배랑 같이 있었어. 그 선배도 그렇게 말했고."

오재영의 눈이 커졌다.

"그럼 페이지에 올라온 건 뭔데?"

"김별 옆에 있는 앨 잘못 봤거나, 아예 본 게 김별이 아니거나 둘 중 하나겠지. 난 아무것도 증명하지 못하는 익명은 안 믿어."

내가 차갑게 반응하자 주변 애들의 반응도 약간 가라앉았다.

화가 났지만 참았다. 최대한 아무렇지 않은 척을 해야 했다. 그건 선을 위해서이기도 했고, 나를 위해서이기도 했다.

"야, 다 먹고 가."

갑자기 일어선 나를 보고 재영이 급하게 말했다. 하지만 나는 가려는 게 아니었다. 단지 놀란 거였다. 급식실의 커다란 창문 밖으로, 후드로 얼굴을 싸맨 누군가가 보였다.

김별이었다. 나는 서둘러 밖으로 뛰어나갔다.

"형!"

"꺼져! 절루 가!"

나와 김별은 운동장에서 한참 실랑이를 벌였다.

"형! 이제 애들 축구 하러 나올 텐데! 소문 더 만들지 말고 그냥 나한테 잡히는 게 좋을걸!"

김별이 그 말에 포기한 듯 천천히 속력을 줄였다. 나는 김별의 후드를 질질 끌고 우리의 합주실로 향했다. 중간에 이선에게 전화하는 것도 잊지 않았다. 입술에 양념을 묻힌 채 이선이 헐레벌떡 합주실로 들어왔다.

최문의 무료 수요 독주회 멤버가 다 모였다.

김별은 의자에 앉지도 않고 손톱을 물어뜯기 시작했다.

"왜. 최문, 나 왜 불렀는데. 소문, 그, 그거 나 아니야."

"오빠, 그렇게 자신감 없이 말하는 게 더 수상한 거 알아요?"

선이 후드를 잡아당겨 김별을 소파에 앉혔다.

"하긴, 하지만 아닌 건 아닌 거라고! 이선! 너도 알잖아."

나는 김별을 노려보며 말했다.

"형, 나한테 터놓고 말해 봐."

"그거 다 거짓말이라니까! 뭘 더 말해야 하는데?"

"중학교 때 형 소문도 이런 식으로 났었지?"

김별의 잘생긴 얼굴이 순간 멍청하게 변했다. 그는 멍한 눈빛으로 나와 이선을 번갈아 쳐다보았다.

"뭐?"

김별의 얼굴에 점차 그늘이 드리워졌다. 그러나 조금 긴장이 풀린 듯 곧 소파 쿠션에 풀썩 몸을 기댔다.

"최문, 너 그 게시물 안 믿는구나……?"

"선이가 다 말해 줬어. 그날, 지연 선배가 공연을 할 수 있도록 만들어 준 선이한테 진짜 고마워서 집 앞까지 데려다줬대. 선배가 확인도 해 줬어. 게다가…… 그 글을 보면 확실히 거짓말인 부분도 있고."

김별과 이선이 나를 바라보았다.

"형, 우리가 이선보다 작잖아."

"키?"

"응. 애초에 나보다 작은 형이 이선을 다정하게 내려다보며 머리를 쓰다듬는다거나 어깨를 감싸안아 줄 수는 없잖아."

"맞아!"

이선이 스프링 튕기듯이 벌떡 일어서더니 강제로 김별을 잡아 당겼다.

"오빠, 감싸 봐요!"

"……최문 앞에서?"

굳이 재연을 하지 않아도 김별의 팔은 이선의 어깨를 감싸기엔 버거워 보였다. 맞은 편 어깨에 간신히 손이 닿을 수준이었다.

나는 둘 사이를 비집고 들어가 둘을 갈라놓았다.

"너 새삼 크다. 키가 몇임?"

"음……, 지금 178인데요."

아. 나는 속으로 탄식을 내뱉었다. 아직도 1센티미터 모자라다. 하지만 지금은 나와 이선의 키 차이보다 더 중요한 게 있다.

"형 중학생 때 소문낸 거 누구야?"

"……잘은 몰라. 나보다 어린 여자애라는 것밖에."

"어린 여자애? 그건 어떻게 아는데."

김별이 잘못 말했다는 듯이 이마를 감싸 쥐었다.

"됐어. 그만하자. 어차피 루머니까 곧 가라앉을 거. 내가 경험 해 봐서 아는데……."

이선의 갈색 머리카락이 격하게 흔들렸다.

"아뇨! 이건 오빠 문제이기도 하지만 내 문제이기도 해요. 근데 지금 오빠가 소문낸 인간의 실마리를 갖고 있다는 거잖아요!"

이선의 눈에서 금방이라도 레이저가 나올 것 같았다.

"형, 나도 형을 믿어 줬으니까 형도 우릴 믿어 줘."

김별은 길게 한숨을 내쉬었다. 그러고는 뭔가를 중얼거리더니 우리를 다시 한번 쳐다보았다.

"너희가 도움이 될 것 같지는 않지만……."

그가 가방에서 휴대폰을 꺼내서 건넸다.

"가끔 이런 게 와."

'Rabbit12-3'이라는 아이디가 김별의 SNS 계정에 보낸 DM 목록이었다. 불과 십몇 분 안에 수많은 메시지가 와 있었다.

> 내가 이렇게 연락하는 거 싫으면 공연 망치라고 그랬지?

> 근데 엄청 잘하던데?

> 난 이제 평생 오빠만 볼 거야.

> 그러니 오빠도 나만 봐야죠.

> 카메라에 찍히는 일 하지 마세요.

> 유명해지는 일도 하지 말고요.

> 오빠 말은 아무도 안 믿을 거예요. 중학교 때도 그랬잖아요.

하지만 난 그 소문이 사실이 아니란 걸 알고 있는 유일한 사람이야.

무슨 뜻인지 알죠?

나 너무 미워하지 마.

마지막에 귀여운 하트 이모지가 보였다. 나와 이선은 놀란 눈으로 서로를 바라보았다.

"오빠, 이거 범죄예요!"

선이 휴대폰을 부술 듯이 쥐고는 소리쳤다.

"우리 얘 잡자!"

정성윤을 앞에 두고 불안해하던 김별의 모습이 떠올랐다. 위대한 대식이에서 여중생들을 제대로 보지 못하고 불편해하던 것도 떠올랐다. 그리고 무엇보다도, 그를 괴롭게 만드는 끔찍한 공포가 이제야 실감이 났다.

"……됐어. 소문은 금방 가라앉는다니까? 그리고 이거 외국에서 만들어진 계정이라 쉽게 추적도 못 한다고 그랬고……."

이선이 답답한지 혀를 찼다. 나는 김별을 설득했다.

"그래서 죽을 때까지 이 여자한테 시달리면서 살려구? 형, 괴롭지 않아?"

"……괴로워. 하지만, 난……."

김별이 제 손에 얼굴을 파묻었다. 손가락 사이로 물방울이 뚝 뚝 떨어졌다. 우리는 입을 다물었다.

"너희는 몰라."

'알아, 형. 몸이 으스러질 듯이 끔찍한 고통이었는데 내가 어떻게 잊겠어.'

속으로 그렇게 생각하다가 고개를 내저었다. 고통의 작은 순간, 아주 찰나의 순간을 알았다고 해서 그 사람이 무엇을 견디고 있는지 알 수는 없다. 나는 모른다.

불과 몇 주 전에 저 소파에 앉아 이선을 비웃고 내게 깔깔대던 김별을 기억한다. 유치한 장난을 치고, 내 보잘것없는 연주에 감동하던 철없는 십 대 소년. 얼굴에 그늘이라곤 하나도 없는.

숨기려고 하면 숨겨지는 것들이 있다. 이제야 김별을 조금 이해한 거 같았다. 나도 그랬으니까.

흐느끼는 목소리가 잦아들 때까지, 나와 이선은 앉아서 김별을 기다렸다.

3 years ago

> 오빠, 내가 누군가에게 말하기 전에 빨리 영화부 그만둬요.

> 오빠가 아니라고 해도 상관없어요.
> 사람들은 오빠 말을 믿지 않을 테니까.

Rabbit12-3이 보낸 긴 DM 목록의 가장 위쪽 메시지를 본 이선은 격분했다.

삼 년 전 김별은, 배우 지망생도 아닌 그저 연극 영화과에 가고 싶어 하는 중학생이었다. 김별이 다니던 학교에는 청소년 영화제 상을 몇 번 탄 유명한 동아리가 있었는데, 김별도 거기에 가입되어 있었다.

보통 주연 롤은 3학년이 하는 것이 전통이었다. 그런데 감독을 맡아 도와주던 졸업생 하나가 2학년인 김별에게 주연을 맡겼다.

영화 작업이 마무리될 때까지는 아무 일도 없었다. 문제는 그 영화가 스트리밍 사이트에 올라온 다음이었다.

"김별이 영화 감독해 준 대학생 선배랑 사귄대. 그래서 백으로 주연 됐대."

"아닌데? 김별 다른 여자애랑 사귀는데."

"아냐, 그 감독 남자라던데?"

처음에는 유치한 소문이라고 생각하고 넘겼지만, 소문은 점점 커졌다.

"김별 양다리 걸쳤대."

그리고 그 소문의 방점을 찍은 게 한 익명 게시물이었다.

○○중 김별은 더러운 새끼입니다. 저는 김별 오빠의 여자 친구입니다. 김별은 그의 주변인인 △△△을 여자 친구라고 다른 사람들에게 소개해 주면서도 저와의 관계를 유지했습니다. 뿐만 아니라 지금 청소년 영화 제에 출품한 작품의 관계자들 몇 명과도⋯⋯

김별은 그 게시물을 신고했다. 그리고 돌아온 것은, 계정 주인 이 해외 주소지에 있는 것으로 확인되어 더 이상 조치가 불가하 다는 답변이었다.

"어쨌든 게시물은 삭제가 됐어. 그리고 동아리 애들은 내가 여 자 친구 같은 거 없다는 거 아니까 도와주려고 했고. 감독 형도 사 귀는 사람 없다고 자기 SNS에 글을 올렸어. 하지만 마지막에는 날 감싸던 애들까지 나랑 사귄다는 루머가 돌아서, 결국 이 동네 로 전학을 왔어. 그러지 말았어야 했는데."

"⋯⋯."

"선이 말대로 당당하게 지냈어야 했는데, 그게 잘 안 되더라. 주 변에까지 피해가 가니까 견디질 못하겠더라고."

"이해가 안 돼요. 오빠를 좋아한다면서?"

선이 바닥을 찼다. 드럼 킥이 아닌데도 제법 큰 소리가 났다.

"스토커 마음을 어떻게 이해하겠어. 아무튼 알아 둬. 너희가 내

일에 개입하려고 하면 분명히 너희한테도 피해가 갈 거야."

"무슨 소리예요? 그 피해, 이미 나한테 왔다구요."

이선이 팔을 걷어붙였다.

"난 이런 인간들 절대로 용서 안 해요."

그렇게 말한 선이 나를 보았다. 나는 팔목 근처를 긁었다. 소름
이 돋아서였다.

"형, 혹시 정성윤 만났을 때 걔가 스토커라고 생각했어?"

No. 9

누군가의 감정을 읽을 수 있다는 판타지

정성윤은 여전히 정다운 선생님을 속 터지게 만드는 긴 앞머리를 하고 있었다.

"어? 최문."

책상에 엎드려 있던 정성윤이 몸을 일으켰다.

"우리 반엔 웬일이야? 또 정다운 쌤이 뭐 부탁했어?"

눈이 안 보이면, 이 애가 어떤 표정을 짓고 있는지 알 수가 없다.

"아니."

"그럼 왜 찾아온 건데."

"당근 핀, 오늘은 안 했네. 그리고 다니면 힘들지 않아?"

"……아니? 우리 반 애들도 다 적응했어. 나도 하나도 안 불편하고. 그 얘기 하러 온 건 아닐 테고."

정성윤이 나를 올려다봤다. 160센티미터는 될까. 작은 키였다.

김별이 손쉽게 어깨를 감싸 줄 수 있는 키. 정성윤은 김별과 자신의 그런 모습을 상상했을지도 모른다. 무엇보다 이선이라는 정확한 이름과 김별의 예전 중학교 소문을 속속들이 알고 있는 사람은 내가 아는 애 중 이 여자애뿐이다.

"그냥 한 소리야. 별이 형이 좀 보자고 해서."

"김별 오빠가?"

정성윤이 자리에서 벌떡 일어났다. 애들의 시선이 느껴졌다. 나는 서둘러 복도로 향했다. 뒤쫓아 오던 정성윤이 종알댔다.

"김별 오빠 학교 나왔어?"

"형이 그동안 학교 안 나왔다는 걸 어떻게 알아?"

"내가 그 오빠에 대해 모르는 건 없어."

정성윤이 단언했다. 우리는 교사를 나와 별관 뒤편으로 향했다.

"근데 그때 카페에선 왜 그랬는지. 난 김별 오빠가 되게 여유롭고 까부는 성격인 줄 알았는데 아니더라고. 당황하고, 주스도 쏟고."

정성윤을 흘낏 바라보았다. 요란한 케이스를 씌운 휴대폰이 그 애의 손에 들려 있었다.

"그래서 나 싫어하나, 그런 생각도 했어. 김별 오빠가 그런 사람은 아닐 테지만."

"글쎄……."

"최문, 혹시 김별 오빠 소문 믿는 거 아니지? 너 이선이랑 사귄다면서."

나는 정성윤과 그 이상 얘기를 하는 게 불편해져 조용히 합주실 문을 열고 들어갔다.

"김별 오빠는?"

정성윤이 주변을 둘러보며 말했다. 안에는 나와 이선뿐이었으니까.

"조금 이따 올 건데."

팔짱을 낀 이선이 딱딱하게 대답하며 문 앞에 섰다. 정성윤의 얼굴에 경계심이 떠올랐다. 나는 일단 정성윤을 소파 쪽으로 안내했다. 이선은 여전히 소파 뒤편의 문 앞쪽에 서 있었다.

"별이 형은 금방 올 거야. 근데 그 전에, 궁금한 게 있는데 좀 물어봐도 돼?"

정성윤이 나와 이선을 번갈아 쳐다보더니 침을 삼켰다.

"뭔데."

"너, 별이 형에 대해선 뭐든 알고 있다고 했지? 혹시 별이 형 스토커 있다는 거 알아?"

"뭐?"

정성윤의 목소리가 약간 높아졌다. 그 애는 고개를 갸웃하더니 들고 온 휴대폰을 종이 상자 위에 내려놓았다.

"스토커가 있어? 김별 오빠한테?"

"그래. 너도 알지? 김별 중학생 때 소문. 그것도 그 스토커가 낸 거 같아. 혹시 아는 거 있어?"

그 순간, 정성윤의 휴대폰에서 진동이 울렸다. 정성윤이 진동을 무시하고 대답했다.

"모르겠는데. 혹시 그거 때문에 부른 거야?"

"응. 우리도 너무 답답해서. 너도 알다시피 그 소문에 이선도 말려들었고."

다시 휴대폰의 진동음이 작은 방을 채웠다. 정성윤은 여전히 그 진동음을 무시했다.

"알아, 그건. 하지만 너희 반 오재영이 헛소문이라고 하던데. 그리고 이선은 당사자니까 그거 루머인 거 알잖아."

정성윤이 귀찮은 듯이 대답했다. 그 애의 휴대폰이 또다시 징징거리며 요란한 소리를 냈다.

"성윤아, 휴대폰 확인 안 해? 중요한 문자 온 거 아냐?"

"아냐. 이 시간에 연락 올 데 없는데."

김별이 올 때까지 정성윤은 휴대폰을 확인하지 않을 것 같았다. 알림 때문에 불빛은 여전히 켜져 있었고, 나는 선택을 해야 했다. 재빨리 정성윤의 휴대폰을 집어 화면을 확인했다.

[바★그다드커피e 용사님, 오늘의 보상을 확인하세요!]

[지금 ○○○M 베타테스터를 신청하시면 5,000코인을 드립니다!]

[400대구타중☆님, 지금부터 핫 타임 시작! 접속 시 경험치 2배!]

그 글자들을 멍청하게 쳐다보고 있는데, 정성윤이 휴대폰을 낚아채 갔다.

"뭐냐? 이거 내 거야."

"어……, 내 건 줄 알았어."

모두 게임 알림이었다.

"……아무튼, 난 그 소문 안 믿어. 김별 오빠 그럴 사람이 아니라고 생각해. 그 오빠 내 뮤즈거든. 언젠가 난 김별 오빠가 주인공인 영화를 찍을 거야."

정성윤 뒤에 서 있던 이선이 내 멍한 표정을 보며 고개를 갸우뚱했다.

"오늘 오빠 만나면 말해야겠어. 왜 연기를 계속하지 않지? 반드시 설득할 거야. 근데 오빠 언제 와?"

나는 허탈한 미소를 지으며 김별에게 연락했다.

"결국 Rabbit12-3은 정성윤이 아니었어."

김별이 짜증 난다는 듯이 이마를 꾹꾹 눌렀다. 김별이 보여 준 DM 창에는 우리가 정성윤과 이야기하고 있는 동안 Rabbit12-3에게 온 메시지가 있었다. 결국 정성윤의 알리바이를 우리가 만들어 준 셈이 됐다.

게다가 정성윤은 김별이 오자마자 일장 연설을 했는데, 그게 김별을 더 피곤하게 만든 것 같았다.

"난 반드시 영화감독이 될 거예요. 우리 아빠가 네가 무슨 영화를 찍냐고 반대하고 있지만, 계속 반대해 보라지. 예고로 전학 안 시켜 주면 이 머리 죽어도 안 자를 거예요. 분명히 우리 아빠 얼마 견디지 못하고 내 말을 들어 줄 거라고요."

"……성윤아, 그래서 머리 안 자르는 거였어?"

"네. 학교 복도에서 진로……, 아니, 아빠가 날 볼 때마다 인상 쓰는 거 보면 엄청 통쾌하다니까요. 내 인생은 내가 살아야지, 왜 내 진로를 아빠가 정해? 아무튼, 오빠도 오빠가 하고 싶은 걸 해요. 정말 연기 안 할 거예요? 그 스토커라는 새끼가 문제예요?"

정성윤이 섬뜩하게 말했다.

"내가 묻어 버릴까요?"

"아냐, 됐어……. 그건 내가 해결할게."

그 후 우리는 스토커 얘기를 누구한테도 하지 말라고 정성윤을 입단속하는 데 무진장 힘을 빼야 했다.

"오빠는 어쩌다가 스토커도 모자라서 저런 광팬까지 붙은 거예요……."

"……결국 원점임?"

김별이 착잡하게 말했다.

"포기하지 마요, 별이 오빠. 언제까지 휘둘릴 건데요?"

"휘둘리는 거 아냐. 스토커 찾으면 뭐? 어차피 계속 소문은 생길 거고, 그게 내 운명이야."

"운명 타령하지 마요. 전영화 선배도 이제 운명 안 믿는데."

"그래, 형, 여기서 포기하지 말자."

정성윤이 다다다 내뱉은 말 중 마지막 말이 계속 내 머릿속을 맴돌고 있었다.

"성윤이가 형 재능 있다고 그랬잖아. 걔는 머리를 그렇게 기르면서까지 반항하는데, 형도 포기하지 마. 정말 스토커 때문에 연기를 포기하는 거라면 재능이 아깝잖아……."

그 순간, 갑자기 손에 낀 장갑이 보였다. 내가 할 말이 아니었다. 내가 포기한 것들이 생각났다.

정말 그건 내가 할 위로가 아니었다.

"됐어. 그냥 유명해지지만 않으면 돼. 소지연 선배처럼 가끔 재미로…… 취미로 하면 된다고. 그러니까 이제 스토커 찾는 거 그만하자."

김별은 그 말을 끝으로 일어서서 합주실을 나갔다. 나는 김별을 위로할 자격이 없었다.

"선아, 나 한 대만 때려 줘."

마지막으로 망친 무대가 떠올랐다. 손이 굳어서, 왼손이 아무것도 누르려고 하지 않아서, 나는 지금의 김별처럼 나의 꿈에서 도망쳐 나와야만 했다. 그게 최선이었다.

"때린다?"

우리의 대화를 모두 들은 이선은 왜냐고 묻지도 않고 발등으로 내 정강이를 가볍게 쳤다. 헉. 고통으로 숨이 멎는 거 같았다. 찔끔이지만 눈물도 났다.

도대체 왜 여기에 렌토가 붙어 있는지, 작곡가의 의도를 생각해 봤어?

이번에는 내 목소리였다.

왼손이 연주를 멈춘 의도. 넌 그 의도에 대해서 한 번이라도 생각해 본 적 있어?

이선의 킥은 정말 아팠다. 가까스로 정신을 차리면서 깨달았다. 내 왼손은 계속 내게 이제 그만 정신을 차리라고 말하고 있었다.

"한 대 더 쳐 줘?"

나는 고개를 흔들었다.

"나, 그 스토커 누군지 알 거 같아."

*

덥다. 한낮도 아닌데 해가 사람을 녹일 듯한 열기를 쏟아 내고 있다. 아침 여덟 시 반인데 벌써 이렇게 덥다니. 나는 왼손에 낀 장갑을 바라보며 인상을 찌푸렸다.

"빨리빨리 들어가라. 정성윤! 너 이리 와!"

오늘도 똑같았다. 앞머리를 길게 기른 정성윤이 교문 앞에서 선도 하던 선생님에게 불려 갔다. 정성윤은 입술을 삐죽였지만,

나를 발견하고는 결연하게 고개를 끄덕였다.

'난 반드시 예고에 갈 거야.'

혹은,

'김별 오빠의 스토커를 잡아 줘.'

무슨 뜻이든 간에, 나는 그 인사를 받아 주었다.

정성윤은 처음부터 그 스토커가 아니었다. 스토커는 분명한 의도를 가지고 김별을 조종했다.

유명해지지 마.

그런데 정성윤은 김별에게 다시 연기를 하면 좋겠다고, 우리 학교 연극부에 들라고까지 했다. 스토커의 의도와 정반대다.

스토커의 의도는 김별이 유명해지지 않는 것. 그리고 김별 주변에 사람이 한 명도 남지 않는 것이다.

"오, 장갑."

"도운이 형."

나는 박도운을 올려다보았다.

"별이랑은 오해 풀었어? 요새 다시 같이 다닌다며."

"아뇨."

"아니야?"

도운이 피식 웃었다.

"형, 전화 좀 빌려줄래요? 이선한테 연락을 해야 하는데 휴대폰을 집에 놓고 왔어요."

"칠칠맞긴."

박도운의 휴대폰으로 선에게 전화를 걸었다. 수화기 너머 선의
목소리가 나를 안심시켰다.

"나 문인데, 지금 도운이 형 휴대폰으로 전화하는 거야."

—응. 알겠어.

"바로 해 줄 수 있어? 어제 말한 거."

—그래, 해 볼게.

박도운의 시선이 느껴졌다. 나는 가만히 이선을 기다렸다. 십
초면 될 거 같았다.

곧 오른손으로 감싸 쥔 휴대폰에서 진동이 울렸고, 반짝 하고
화면이 다시 켜졌다. 나는 귓가에서 휴대폰을 떼고 화면을 확인
했다.

> Sun-beammm님의 새 메시지가 있습니다:
> 남 이런 식으로 괴롭히니까 좋냐 이 졸렬한 새……

"형, 뭐 왔는데요."

도운 형이 어깨를 으쓱하며 휴대폰을 건네받았다. 나는 도운
형, 아니, 박도운을 다시 올려다보았다.

"Rabbit12-3, 형이네요?"

*

3월. 개학하고 얼마 지나지 않은 어느 날, 나는 강당에서 자고 있었다. 하지만 연극부 선생님이 핀 조명이 가득 든 노란 바구니를 옮기자고 해서 함께 들게 되었다. 그리고 난 박도운을 밟고 넘어졌다.

그 뒤, 손의 통증 때문에 기억에서 잊힌 게 있다. 당시 나는 박도운의 휴대폰을 주워 주었는데, 휴대폰에는 도운의 여자 친구가 보낸 메시지들이 떠 있었다. 그땐 왜 이상하다고 생각하지 않았을까?

"오빠, 오빠 하길래, 전 그걸 보낸 게 형의 여자 친구라고 착각해 버린 거예요. 사실은 형이 보낸 거였는데."

도운은 아무 말도 하지 않고 나를 따라왔다. 이선은 이미 부실에 와 있었다. 셋이 되자 박도운이 선을 보더니 입을 열었다.

"들어 봐. 바로 생각나는 여자애 이름이 없어서 그런 거지, 너한테 악의가 있었던 건 아냐."

"별이 오빠는요?"

"아, 악의가 아예 없는 건 아니었지. 왜 별이는 오빠고 나는 선배야? 사람 차별하는 것도 아니고."

"지금 그게 중요합니까?"

어이가 없어져 대화에 끼어들었다.

"형은 형을 유일한 친구로 믿고 있는 김별 형한테 미안한 마음 같은 건 없어요? 몇 년씩이나 스토킹하면서……."

"너흰 몰라. 그 녀석이 얼마나 내 인생을 방해했는지. 난 내 목표를 이루기 위해 최선을 다한 것뿐이야. 그러느라 너희의 소꿉장난 같은 공연을 도와주기까지 했어. 김별이 눈치 없게 끼어들지만 않았으면 그 명함, 내가 받았을지도 모른다고."

박도운의 표정이 일그러졌다.

"진짜 유치하네."

이선이 비꼬듯 중얼거렸지만, 박도운은 아랑곳하지 않았다.

"너흰 내가 얼마나 노력하는지 몰라. 아무것도 안 하는 그 새끼가 미소 한 번, 눈 깜빡이는 거 한 번에 나보다 앞으로 치고 나가는 걸 내가 마냥 두고 볼 거 같아? 그 기획사, 내가 오디션까지 본 곳이야. 우리 학교 공연 보러 온대서 엄청 신경 썼는데 나는 안중에도 없고 결국 또 김별이야. 항상 그랬어! 어디서나 그 녀석만 특혜를 누렸다고. 나보다 잘난 것도 없으면서!"

"형, 그게 이유가 된다고 생각해요?"

"난 여섯 살 때부터 연예인이 되고 싶었어. 그날은 학습지 광고를 찍는 날이었고, 설레서 전날 잠까지 설쳤지만 난 긴 대기 시간도 꾹 참고 콘티에 나오는 모든 대사도 다 외웠어. 다른 아이들이 징징거릴 때마다 어른스럽게 달래기까지 했어. 광고 감독이 메인 역할의 오디션을 보기로 되어 있었지. 그런데 감독이 김별을 보자마자 제일 똘똘하게 생겼다면서 덜컥 메인을 맡긴 거야. 내가 김별 뒤에서 작은 점처럼 다른 애들이랑 같이 '선생님!'을 외칠 때, 김별은 옷을 세 번이나 바꿔 입어 가면서 대사가 다 달라서 헷갈린다며 짜증을 부렸다고. 늘 김별은 그런 식이⋯⋯."

"진짜 역겹네."

이선이 더 듣고 싶지도 않다는 표정으로 말을 잘랐다.

"옛날 얘긴 그만하죠? 김별한테 미안하다고나 하고 꺼져요."

목소리에서 모멸감이 뚝뚝 떨어졌다. 박도운이 이선을 향해 눈을 부릅떴다. 내가 말리려고 하기도 전에 박도운은 보면대를 들어 이선 쪽으로 휘둘렀다. 찰나였다.

"이선, 너 같은 애가 내 마음을 이해할 거라곤 생각도 안 했어! 평생 김별 옆에서 들러리로 사는 기분을, 넌 몰라!"

나는 박도운을 붙잡기 위해 손을 뻗었다. 뻗고 보니 왼손이었다. 보면대가 다시 내 쪽으로 휘둘러졌다. 아니, 휘둘러진다고 생각했을 때였다.

어제 이선이 내 정강이를 정말 약하게 차 줬다는 걸 깨달았다. 이선의 미들 킥이 도운의 옆구리를 강타했다. 박도운은 잠시 휘청했지만, 맞은 곳을 움켜쥐고 다시 이선을 향해 보면대를 휘둘렀다. 하지만 이선은 왼팔로 그걸 막고 가볍게 점프했다.

오백사십 도 발차기를 눈앞에서 직관한 나는 무안해진 왼손을 내려 가볍게 박수를 쳤다. 무도인이 아닌 박도운은 보면대를 쥔

채로 바닥에 뻗어 있었다.

"선배, 자기를 제일 믿고 있던 사람 등 뒤에 비수를 꽂아놓고 열등감 탓을 해요?"

"이선, 너 피 나!"

보면대에 찍힌 이선의 팔뚝에서 피가 점점이 떨어지고 있었다. 지혈에 쓸 만한 게 없어서 티셔츠 위에 입고 있던 하복 셔츠를 벗으며, 바닥에서 꿈틀대는 박도운을 조심스럽게 피해 이선 쪽으로 다가갔다.

"내가 다 쪽팔려. 열등감은 누구한테나 있는 거예요. 누군 그런 거 없는 줄 알아요? 난 내 음감이 도운 선배 정도만 됐으면 더 바랄 게 없을 거 같다구요! 그래도 난 당신처럼 핑계 대고 남을 주저앉히지는 않아. 스스로한테 자신도 없고, 남 탓만 하는 주제에 사람들에게 선망받는 일을 하겠다고? 그딴 식으로 사는 거 정말 멋없지 않나?"

"……이슨…… 느…… _끄_윽……."

박도운이 뭐라고 대답한 거 같았지만, 제대로 된 단어로 들리지는 않았다.

"아무튼, 또 김별 눈에 띄면 그땐 이 정도론 안 끝날 거니까 각오해요."

흥분한 선의 팔목에 셔츠를 감아 세게 묶었다. 선은 그제야 자기 팔에서 피가 나는 걸 알아챈 것 같았다.

나는 쪼그려 앉아 여전히 바닥에 누워 쿨럭대고 있는 박도운을 바라보았다. 박도운의 눈 초점이 조금 안 맞는 거 같기도 했지만, 나도 할 말은 해야 했다.

"별이 형 생각해서 저희가 말하진 않을 테니까, 형이 책임지고 이 일 수습하시죠. 그리고, 그럴 리는 없겠지만 또 이상한 소문을 퍼뜨리거나 김별을 협박하면, 나랑 선이가 스토킹으로 신고할 겁니다."

그러고는 일어서서 이선에게 눈짓했다. 우리는 밖으로 나왔다. 에어컨이 틀어져 있지 않은 밖은 후덥지근했다. 그리고, 합주실 밖 복도에는 김별이 서 있었다.

*

대신 알려 드립니다.
안녕하세요, 얼마 전 우주 고등학교 김별 님과 이선 님을 보았다고 글을 올린 사람입니다. 해당 글에 잘못된 내용이 있으며, 이를 바로잡고자 글을 올립니다. 우선 당사자인 김별 님, 이선 님에게 죄송하다는 말씀을 드립니다……

사람을 좋아한다는 건 물속으로 풍덩 뛰어드는 것과 같다. 그게 늪인지, 호수인지, 바다인지, 아니면 아주 작은 욕조인지는 뛰어들어 봐야 알 수 있다. 그래서 사랑에도 용기가 필요하다고 하나 보다.

"엄마, 파우더 좀."

"응."

벌써 파우더 한 통을 다 썼다. 새 통을 받아 뚜껑을 열고 익숙하게 왼손에 퍼 발랐다. 이렇게 하지 않으면 땀에 젖어서 장갑이 너덜너덜해진다. 정말, 여름은 끔찍한 계절이다.

"나 나가!"

"그래, 차 조심하고."

엘리베이터 버튼을 눌렀다. 1층에서 선이 기다리고 있었다.

"준비됐어?"

이제 내 키는 이선의 눈높이와 아슬아슬하게 맞을 정도가 됐다. 조만간이다, 조만간.

"선아, 지금이라도 괜찮으니까 가고 싶지 않으면 말해 줘. 나 혼자 갈 수 있으니까."

이선이 팔꿈치로 내 옆구리를 쳤다.

"맘에 없는 말 할래, 최문?"

"아냐! 또 이상한 말 떠돌지도 모르니까 하는 소리야."

"괜찮아. 넌 별이 오빠랑 완전 다르게 생겼으니까."

"음……."

"그리고 이제 애들도 그 소문 사실 아닌 거 다 아는데, 뭐. 그딴 소릴 입에 올리는 놈들 때문에 진짜 필요한 사람들이 병원을 못 간다고. 나한테 걸리기만 해 봐. 눈탱이를 밤탱이로 만들어 놓을 테니까."

"……그런 말은 누구한테 배웠어?"

"우리 관장님."

이선은 정말 재밌고, 쾌활하고, 멋진 애다. 가끔은 템포를 맞출 수 없긴 하지만, 그렇다고 해서 이선의 멋짐이 사라지진 않는다.

우리는 아파트 단지에서 나왔다. 여기서부터 십오 분만 가면 병원 거리가 나온다. 그사이엔 단독 주택이 즐비하게 늘어서 있는데, 평소에는 잘 지나가지 않는 길이다.

하지만 나는 오늘 손을 고치러 간다. 어쩔 수 없다.

손을 고치기 위해서 신경 정신과를 가야겠다는 생각은 한 번도 해 본 적이 없었는데, 문득 뭐라도 해 봐야겠다는 생각이 들었다. 그건 지금 내 옆에서 걷고 있는 '아마빛 머리카락의 소녀' 때문이기도 하고, 얼마 전 장학퀴즈에서 정답 부저를 누르고는 뜬금없이 "스토킹과 악성 루머는 근절되어야 할 사회악입니다"라고 말한 정성윤 때문이기도 하다(그 장면을 캡처한 이미지는 온라인 여기저기에 돌아다니고 있다). 그리고, 최근에 나와 이선이 가장 신경 쓰고 있는 김별 때문이기도 하다.

"문아, 너야말로 제대로 결심한 거야?"

이선이 내게 물었다. 나는 장갑 낀 손을 흔들어 보였다.

"이걸 계속 끼고 있을 수는 없잖아."

"그래, 내년 여름엔 더 더워질 거래."

선이 싱긋 웃었다.

모든 인간은 자기 위주로 생각한다. 누군가의 감정을 읽을 수 있다는 생각은 판타지에 불과하며, 나는 여태 그 판타지에 흠뻑 빠져 있었는지도 모른다.

멀리 이모네 집이 보였다. 얼마 전까지 나는 이 길을 피해 다녔다. 나와 지환 형을 괴롭고, 불안하고, 공포스럽게 만든 피아노가 있는 곳이기 때문이다.

그래서 내 왼손이 나를 멈춰 세웠을지도 모른다.

"너, 할 수 있어?"

"이런 식으로 계속 피아노를 칠 수 있겠어?"

왼손은 줄곧 그렇게 묻고 있었는지도 모른다.

나는 괴로웠으므로, 그걸 악보처럼 해석하고 싶지 않았다. 그래서 다른 사람들의 괴로움을 찾아다닌 걸지도 모른다. 이모는 자신의 열등감을 나한테 풀고 있으며, 지환 형도 내게 열등감을 가지고 있다고.

하지만 얼마 전, 지환 형은 아주 쉽게 대답했다.

"형은 피아노 관둘 때, 무슨 생각 했어?"

"나는 자유다."

"……그따위 생각밖에 안 했어?"

"어. 엄마 옆에 계속 남아 있을 널 보니까 좀 안됐다는 생각도 하긴 했는데…… 뭐, 그건 네 사정이니까. 네가 알아서 잘할 거라고 생각했지."

그렇게 말하는 지환 형은 정말 해맑게 웃고 있었다.

나는 이모를 싫어했지만, 피아노 앞에서 이모가 한 조언은 대체로 맞았다. 사실 이모는 열등감 따위 없이 오로지 나를 우수한 피아니스트로 만들기 위해서 그렇게 가혹했을지도 모른다.

"도대체 왜 여기에 렌토가 붙어 있는지, 작곡가의 의도를 생각해 봤어?"

나는 좀 더 천천히 피아노에 빠져들었어야 했다. 하지만 너무 급했고, 너무 빨랐다. 완벽한 일등짜리 피아노를 갖고 싶어서 몸이 달았다. 그래서 준비 체조도 없이 물속으로 풍덩 뛰어들었고, 그게 끔찍하게 차가운 겨울 바다라는 걸 안 순간 왼손이 얼어붙고 말았을지도 모른다. 조금 더 느렸어야 했는데…….

"최문, 갑자기 왜 울어? 어디 아파?"

이선이 급하게 나를 멈춰 세웠다. 막 이모네 집 대문 앞을 지나는 중이었다. 나도 모르게 눈물이 뚝뚝 떨어졌다.

피아노를 친다면서 나는 한 번도 제대로 생각해 본 적이 없었다. 나는 어떨 때 화가 나는가, 어떨 때 웃는가, 어떨 때 눈물을 흘리는가, 그리고 어떨 때 감정을 숨기려 하는가. 사실 그런 건, 생각해 보려고도 하지 않았다.

나는 피아노를 치고 싶지 않아 하는 내 모습을 사랑할 수 없었다. 그래서 보이지 않는 깊은 곳에 밀어 두었다. 나라는 인간은, 빠지는 순간 얼어붙을 수밖에 없는 얼음 바다였다.

그만둔다. 손이 아파서, 재능이 없어서. 사실 그런 이유는 내가 댈 수 있는 게 아니었다. 하얗고 검은 건반에 닿을 때, 손은 아무렇지도 않았다.

"선아, 나, 피아노를 계속 치고 싶어."

그때 내 왼손이 건반을 누르게 하려면 인정해야만 했었는데. 나는 지금 피아노를 치고 싶지 않다는 것을.

*

기말고사도 끝나고, 방학이 코앞으로 다가왔다.

그 사건 이후 의지하던 단 한 명의 친구를 잃은 김별은 눈에 띄게 풀이 죽었으나, 시간이 지나면서 조금씩 나아지고 있었다.

"별이 형!"

나는 하교하고 있는 김별의 등을 툭 치며 알은체를 했다.

"네 보디가드는 어디다 두고?"

"오늘 체육관 간다고 먼저 갔어."

"운동 다시 한대?"

"응."

이선은 다시 운동을 시작했다. 아무래도 합주실에서 벌어진 박도운과의 일전이 선 안에 숨어 있던 전사의 혼을 깨운 모양이다.

병원에서 찢어진 팔뚝을 꿰매며, 이선은 내게 말했다.

"나 실전에서 사람 때려 본 거 처음이야."

그러더니 결국 입식 타격기 선수가 되겠다고 선언하고는, 얼마 전 학교 근처 체육관에 등록했다.

"걘 드럼이든 뭐든 두들기는 게 행복한가 보네."

김별이 고개를 절레절레 흔들었다.

"형, 오늘 한강에서 라면 먹을래?"

"싫어. 입맛 없다."

"왜. 그러지 말고."

예전에는 김별이 항상 나한테 무언가를 요구하는 경우가 많았다. 쇼팽을 쳐 달라, 리스트를 쳐 달라. 어떨 때는 내가 한 번도 쳐 본 적 없다고 한 곡의 악보를 가져와서 초견이라도 하라고 성화를 부렸다.

그런데 지금, 김별은 내게 아무것도 요구하지 않는다. 나와 이선이 줄기차게 뭘 하자며 데리고 다녀도 심드렁할 뿐이다. 나는 억지로 형을 버스에 밀어 넣었다.

"그렇게 짠한 눈으로 보지 마라. 나 요새 진짜 괜찮음."

김별이 차창 밖을 보며 말했다.

"진짜 괜찮다고?"

"괜찮아. 하나뿐인 친구의 여친이 내 스토커였다는 거, 충분히 있을 수 있는 일임. 그리고 그 친구가 나한테 미안하다고 다시 유학을 가 버린 것도, 정말 열 받지만 있을 수 있는 일이고."

합주실의 방음 장치가 너무 잘되어 있는 것도 문제였다. 김별은 자신의 스토커가 있지도 않은 박도운의 여자 친구라고 오해하고, 그렇게 스스로 정리를 했다. 나와 이선은 처음에는 그 오해를 정정하려고 하지 않고 그대로 두었다. 그 정도만으로도 엄청 충격을 받은 듯했으니까.

"별아, 정말 미안하다."

박도운이 이선에게 맞은 그날, 그는 합주실에서 나오다 만난 김별에게 미안하다는 말 한마디만 한 뒤 아무것도 말하지 않고 비행기를 타 버렸다. 그러니 그 상황에서 김별이 할 수 있는 건 자기 선에서 받아들일 수 있을 만큼의 내용만을 받아들이는 것이었을지도 모른다.

"그 형 여친 없어."

"뭐, 지금쯤은 헤어졌겠지."

하지만 김별도 언젠가는 사실을 알아야 한다. 이선은 운동을 핑계로 나에게 그 일을 다 떠맡겼다.

"진짜 없다니까. Rabbit12-3, 그거 도운이 형 여친 아니라고."

그 말을 들은 김별은 나를 바라보다가 피식 웃었다.

"그래, 아니라고 치자."

"형을 몇 년 동안 괴롭힌 사람은 박도운이야. 그 사람 여자 친구가 아니라. 그래서 형한테 미안하다고 한 거라니까."

김별의 얼굴에서 웃음기가 사라졌다. 그는 다시 고개를 돌리고 창밖을 보았다.

다음 역은 한강 공원, 한강 공원 역입니다.

버스에서 내렸다. 언제 봐도 한강은 바다같이 크다. 우리는 잠시 둑길을 걷다가 공원으로 들어와 벤치에 걸터앉았다. 공원에는 조깅하는 사람, 자전거를 탄 사람, 강아지를 산책시키는 사람, 돗자리를 펴고 앉은 사람……. 사람투성이였다.

"너 그 얘기 그만 좀 해."

아, 오늘도 실패다. 김별은 아직도 사실을 받아들이기를 거부하고 있다.

"중학생 때 나 그 소문 터지고, 그 자식 외국 가 있었는데도 나한테 얼마나 신경을 많이 썼는데."

김별은 한참 말이 없었다. 나는 그런 김별을 끄트머리로 밀어버리고 벤치에 아예 드러누웠다. 하얗고 몽글몽글한 구름이 바람에 실려 아주 조금씩 아래로 흘러갔다.

김별이 다시 입을 뗐다.

"나도 네가 뭘 말하려는지 알아. 나도 의심한 적 있어. 내가 주인공 역할을 맡아 영화를 찍었다고 박도운한테 말한 그다음 날, 해외 계정으로 SNS에 글이 올라왔으니까.

한땐 이런 의문을 가진 적도 있어. Rabbit12-3은 어떻게 박도운에게만 한 얘기들까지 알고 있을까? 그리고 내 인간관계를 다 없애 버리고 싶어 하면서, 왜 오래된 친구인 박도운과는 아무런 소문도 내지 않는 걸까?

근데 문아, 네가 말한 게 사실이라면 난 더 견딜 수 없을 것 같아. 정말 박도운이 그런 거라면, 앞으로 내겐 저기 보이는 저 사람들이 다 영화에 나오는 괴물처럼 보일 거야."

내 옆에 앉은 김별은 여전히 공원 쪽을 보고 있었다. 내 시야에서는 하늘과 나뭇잎 몇 장이 보일 뿐이었다.

"됐어. 그럼 내 얘기나 하지, 뭐. 형, 나 지난 주말에 선이랑 병원 갔었어."

김별이 화들짝 놀라 내 쪽을 봤다. 저 형은 거꾸로 봐도 잘생겼다. 취미로 연극 동아리나 하고 산다면 여러모로 손해일 외모임은 분명하다.

"어디 아파? 선이 뼈 부러졌음?"

"아니. 내가 아픈데."

"어디? 손? 너 장갑 아직도 아파서 끼고 다니는 거였어? 난 다 나았는데 괜히 폼 잡으려고 그러고 다니는 줄."

김별의 상상은 왜 죄다 헛발질일까. 뭐, 나도 마찬가지일지도

202

모르지.

"어제 진단받았는데, 형, 혹시 '전환 장애'라는 병 알아?"

"그게 뭔데."

"이 손이 가지고 있는 초능력 이름."

나는 장갑 낀 손을 들어 보여 주었다.

"최문, 장난치지 말고 말해. 그래서 피아노 계속 칠 수 있는 거야? 불치병이야? 나을 수는 있대?"

내가 피아노를 못 친 적은 내 기억으론 단 한 번밖에 없다. 나는 나를 들들 볶기 시작하는 1호 팬의 추궁이 점점 듣기 싫어져서 재빨리 일어섰다.

"야, 어디 가!"

"라면 사러!"

내가 뛰자 김별이 쫓아왔다. 오늘은 제대로 말할 수 있을 거라고 생각했는데, 이것도 실패다. 하지만 뭐든 한 번에 다 털어 버릴 수는 없는 거다. 어떤 곡이든 그에 맞는 속도가 있으니까.

나도, 김별도.

Bonus track

이선의 일기

6월 30일.

최문의 왼손이 아주 멀쩡하다는 데 내 전 재산인 십만 사천이 백 원을 걸겠다. 내가 그 애의 맨손을 잡아 봐서 하는 얘기다.

그리고 지난 주, 내 생애 처음으로 스캔들이 났다! 나는 괜찮은 척하려고 노력했지만, 굉장히 괴로웠다. 김별이 어떻게 그런 소문의 중심에서 몇 년씩이나 버텨 왔는지 모르겠다.

사실이 아닌데 최문에게 미안한 마음이 드는 것도 웃겼고, 사실이 아닌데 김별에게 괜히 화가 나는 것도 웃겼다. 왜 그렇게 웃긴 일이 많았던 건지.

아무튼 그때 정말 괴로웠다. 그러자 최문은 자기가 고통을 넘겨받아 주겠다면서 자기 손을 잡으라고 했다.

음……, 마음은 아주 고마웠지만, 사실 나는 최문처럼 섬세한 사람이 아니기도 하고, 공상 같은 걸 하는 타입이 아니라 그냥 최문과 사귄 후 하는 첫 스킨십이라는 것에 의의를 뒀다. 뭐, 손을 잡았더니 의외로 조금 나아지긴 했지만.

최문은 아직까지도 자신의 초능력(?)에 큰 의미를 부여하고 있는 거 같은데, 사실을 어떻게 알려 줘야 할지 잘 모르겠다.

7월 19일.

김별도 비리비리한 게 최문과 같은 과인 게 분명하다. 박도운이 사라지고 나서(몇 대 더 때렸어야 하는데) 부쩍 나와 최문에게 의지하는 것 같다.

얼마 전에 김별이 고백하기로는, 날 처음 봤을 때 내가 사고를 치고 재입학해서(열다섯 평생을 통틀어 내가 체육관 밖에서 때린 사람은 박도운뿐인데 말이다) 박도운처럼 일 년이 아니라 몇 년은 꿇은 줄 알았다고 털어놓았다. 그래서 자기보다 어린 여자애를 무서워하는 트라우마가 발동되지 않았다고.

아니, 내가 김별보다 나이가 많으면 김별한테 꼬박꼬박 존대를 했겠냐고. 억울해서 요즘은 나도 말을 놓고 있다. 그래도 김별은 요새 자주 웃는 편이다. 가짜 말고 진짜로.

8월 27일.

내가 최문을 처음 본 건 중학교 3학년 여름, 한 병원 접수대 앞에서였다. 얼빵해 보이는 남자애가 오른손에 장갑을 든 채 내 앞에서 수납 키오스크 버튼을 누르다가 실패하고, 누르다가 실패하고, 또 실패했다. 나는 짜증이 나서 다른 줄로 갔다. 얼빵해 보이는 남자애는 결국 보조원의 도움을 받아서 간신히 수납을 한 거 같았다.

그날, 나는 최종적으로 청각 장애 판정을 받았다. 이제 국내에는 더 갈 병원도 없었다. 사람들이 흔히 얘기하는 음치가 나라니. 음계를 전혀 구분할 수 없으며, 후천적으로 극복 불가능한 장애.

아, 그날은 정말 최악이었다. 병원에서 흘러나오는 알림 소리나 호출 소리가 짜증 날 지경이었다. 왜 하필 나람? 왜 하필.

드럼을 두들길 때만은 아주 끝장나게 스트레스가 풀렸는데, 그걸 평생 해도 나는 음치에서 벗어나지 못한다고 했다. 노력으로 안 되는 건 세상에 없다는 말은 다 거짓말이었다.

"선아, 운동이나 계속해라. 넌 운동할 팔자야."

병원 셔틀버스를 기다리고 있는데 갑자기 도장 사범님의 목소리가 어디선가 메아리치는 것 같았다. 짜증이 났다. 옆을 둘러보니 아까 접수대에서 본 얼빵한 애가 음악을 듣고 있었다. 이어폰이 귀에 제대로 박히지 않았는지 소리가 줄줄 새어 나왔다. 그날 짜증을 낸 건, 언젠가는 사과를 해야겠지.

그렇게 얼빵해 보이던 애가 전혀 다른 표정을 할 수도 있다는 걸 안 것은, 피아노곡이 아주 긴 빗소리처럼 들린다는 걸 깨달은 날이었다.

이름은 최문! 어쩜, 이름도 운명처럼 나와 똑같이 외자다. 그 애를 학교에서 다시 만났을 때, 나는 내가 그 애랑 어떻게든 엮일 걸 직감했다. 그때 그 애는 여전히 어리바리한 얼굴로 잘 곳을 찾던 중이었다.

그런데 그 애가 슬슬 나를 좋아하는 티를 냈다. 처음에는 '제발 친구로만 남을 수 있길' 하고 기도하는 마음이었지만, 그 애가 김별을 위해 장갑을 벗고 이름 모를 긴 곡을 쳤을 때, 정말 기묘하게도, 음계를 느낄 수 있었다.

나는 도, 레, 미, 파를 구분할 수 없다. 물론 솔, 라, 시도. 하지만 최문의 얼굴과 손끝을 보면 어떤 게 높고, 낮고, 가녀리고, 아프고, 힘차고, 경쾌하고, 슬픈 음인지 구분해 낼 수 있다.

최문은 자신의 왼쪽 손에 초능력이 있다고 말했지만, 나는 그게 그냥 심리적인 증상이라는 의사 선생님의 견해에 팔십 퍼센트 정도 동의한다. 최문의 연주를 들을 때 내가 음계를 느낄 수 있는 게 내겐 더 초능력 같다.

최문은 연주할 때 완전히 다른 사람이 된다. 내가 이렇게 하자 하면 이렇게 휩쓸리고, 저렇게 하자 하면 저렇게 휩쓸리는 주제에 연주할 때만은 너무나도 분명한 표정을 짓고 있다. 그런데 피아노를 관뒀다니. 제삼자가 듣기에 그것만큼 웃기는 소리도 없을 거다.

오늘 최문은 작년에 불합격한 학교의 피아노 실기 시험을 보러 갔다. 우리나라에서 피아노로 제일 들어가기 어려운 학교의 제일 어려운 코스가 있다는데, 작년에는 왼손이 안 움직여서 떨어졌다고 했다.

그 후 화가 난 최문은 피아노를 팔아 버렸단다. 내가 최문 엄마였다면 등짝을 내리칠 일이다. 최문 엄마는 부처님인가?

아무튼 시험을 보러 가기 전, 최문은 "어차피 떨어진다"라며 재수 없는 말을 했다. 아직 심리적인 병이 안 나은 모양이다. 그래서 최문의 장갑 낀 왼손을 내 양손으로 감싸 쥐며 말해 주었다.

"말조심해, 최문. 네 왼손이 들을 뻔했잖아."

내 말을 들은 문이 침을 한 번 삼켰다. 어차피 떨어진다면서, 속으로는 여전히 왼손을 걱정하고 있는 게 뻔히 보였다.

하지만 누가 뭐래도 나는 걱정하지 않는다. 최문의 피아노에는 분명 초능력이 있다. 자신의 아픔을 감수하면서까지 남에게 손을 내미는 마음이, 세상에 울려 퍼지지 않을 리가 없으니까.

작가의 말

모든 관계는 타인을 알아가는 것에서부터 시작한다. 그리고 인간관계의 여러 경험을 통해 나 자신이 어떤 사람인지 깨닫게 되기도 한다. 이 과정을 겪으며 사람은 자라난다.

사랑의 가장 위대한 점은 다른 무엇보다도 사람을 성장케 한다는 것이다. 이 글을 읽는 여러분에게 이야기하고 싶다. 누군가의 사랑이 진실한지 알고 싶다면, 그 사람이 나를 성장하게 하고 있는지, 아니면 내 성장을 막고 있는지 곰곰이 생각해 보라고.

사랑은 명백하게 사람을 자라게 하니까.

받는 것뿐 아니라 주는 행위도 그렇다.

나는 이 글을 오롯이 사랑하는 마음으로 쓰려고 노력했다. 첫 책이 나오고, 내 글에 대한 수많은 사람의 응답을 듣게 되었다. 그 모든 응답은 내게 많은 힘이 되었다. 그리고 반작용처럼 이 소설을 썼다. 읽는 이들이 조금 더 회복되고 더 자랐으면 하는 마음을 담아서.

사실 이 소설은 첫 책보다 훨씬 어렵게 썼다. 포기하고 싶을 때도 있었다. 멋모르고 일단 휘갈겨 썼을 때보다 더 많이 고생했다. 슬럼프도 있었지만, 결국 완성을 했다. 부모님, 인터뷰를 해 준 내 동생, 친구들, 온물이, 그리고 도움을 주신 전유진 담당자님, 표지 일러스트를 그려 주신 조예빈 선생님, 자음과모음 편집부와 마케팅 팀 분들에게 이 지면을 빌어 감사를 전한다.

고통은 여전히 두렵고, 수많은 상처는 아직 쓰리며, 새로운 도전은 언제나 어려운 과제다. 하지만 사랑은 초능력이다. 이 소설을 쓰며 나는 자랐다! 정말로!

소설로 버는 돈은 정말 적다. 돈 때문에 이 고생을 하려는 사람이 있다면 쫓아다니며 말릴 것이다. 하지만 두고 보라지. 나는 언젠가 힙합 가수보다 더 많이 벌 거다. 꼭 문학으로 보여 줄 거다. 그래서 더 많은 사람에게 알려 줄 거다. 문학의 세계가 얼마나 아름다운지.

이런 글과 글의 세계를 사랑하는 마음. 그 마음으로 말미암아 나는 자랐다. 몸의 성장판이 다 닫힌 지금도 쑥쑥 자라고 있다. 그리고 내가 사랑하는 그 세계가 더 크게 자랄 때까지, 계속 사랑할 것이다.

이 소설을 읽는 여러분은 나보다 훨씬 더 크게 자랄 것이 분명하다. 내 글은 여전히 서툴지만, 농축된 마음만을 그 안에 담았으니까.

쑥쑥 자라길, 영양제 같은 사랑을 주고받기를 기원한다.

2024년, 봄처럼 더운 2월에
이도해

터치!

초판 1쇄 발행일 | 2024년 2월 29일
초판 2쇄 발행일 | 2024년 5월 29일

지은이 | 이도해
펴낸이 | 정은영
편 집 | 전유진 최찬미
디자인 | 박정은
마케팅 | 최금순 이언영 연병선 최문실 윤선애
제 작 | 홍동근

펴낸곳 | (주)자음과모음
출판등록 | 2001년 11월 28일 제2001-000259호
주 소 | 10881 경기도 파주시 회동길 325-20
전 화 | 편집부 (02)324-2347, 경영지원부 (02)325-6047
팩 스 | 편집부 (02)324-2348, 경영지원부 (02)2648-1311
이메일 | jamoteen@jamobook.com

ISBN 978-89-544-5021-8 (43810)

잘못된 책은 교환해 드립니다.
저자와의 협의하에 인지는 붙이지 않습니다.